LAVIS
FISCHER
KRÄUTERSAMMLER
HOLZWERKER
BAUERN
HOLZFÄLLER
JÄGER
BÄCKER
MÜLLER
WEISSER LETO
BLAUER LETO

OETINGER 34

KINGS & FOOLS

5

Vermisste Feinde

OETINGER 34

Alle Bände der Reihe »Kings & Fools«

Band 1: Verdammtes Königreich
Band 2: Verstörende Träume
Band 3: Verfluchte Gräber
Band 4: Vergessenes Wissen
Band 5: Vermisste Feinde
Band 6: Verbotene Mission

MIX
Papier aus verantwortungsvollen Quellen
FSC® C083411

Edition Oetinger34

Ein Imprint der Verlag Friedrich Oetinger GmbH

Text von Natalie Matt
Einband und Grafiken von Jacqueline Kauer
Satz: Dörlemann Satz, Lemförde
Druck und Bindung: CPI books GmbH, Leck, Germany
Printed 2016
ISBN 978-3-95882-073-9

Dieses Buchprojekt ist auf Oetinger34.de im Team entstanden.
Autoren: Natalie Matt, Silas Matthes, Pate: Bernhard Hennen

www.oetinger34.de

Erschaffe die Welt von »Kings & Fools«:

#kingsandfools
www.kingsandfools.de

Für meinen Papa,
der mir die Liebe und Begeisterung
für die Welt der Filme, Musik und
Bücher so nahe gebracht hat.

NOEL

1

Favilla. Verhörzelle.

Blutspritzer vermischen sich mit der schwarzen Tinte auf dem hölzernen Pult. Der kahle Schädel des Wissenschaftlers zeigt anklagend zu uns, der Armbrustbolzen hat seinen Hals von vorne nach hinten aufgespießt. Durchschuss.

Jemand hat es auf uns abgesehen. Und er ist da draußen im Gang!

Ich halte mich weiter geduckt, habe mich schützend vor Jon und Sam positioniert, die sich ebenfalls an die Wand pressen. Ihr Atem geht schwer, ich kann ihre Anspannung förmlich spüren.

Beinahe ungeduldig warte ich darauf, dass weitere Bolzen in den Raum schießen, aber nichts regt sich. Und plötzlich höre ich in den Gängen hämmernde Schritte. Er rennt weg!

Ich stoße mich mit den Händen von der Wand ab und reiße eine Blendlaterne aus der Wandnische, dann werfe ich einen letzten Blick über die Schulter.

Sam hat die Augen weit aufgerissen. Sie will aufspringen, doch mit einem festen Griff hält Jon sie am Oberarm zurück, gibt mir durch ein Nicken zu verstehen, dass es jetzt an mir ist.

Schnell zieht er sein Schwert unter dem Umhang hervor und streckt es mir entgegen. Ich fasse nach der schmalen Waffe und stürme los.

Ich darf ihn nicht entkommen lassen. Meine Schritte schlagen laut im Gang. Die Blendlaterne wackelt wild von einer Seite zur anderen und erzeugt ein zittriges Licht in der Dunkelheit vor mir. Und da – ein zweites Licht, der Angreifer!

Seine Fackel ist ein ganzes Stück entfernt, aber das wird mich nicht abhalten. Ich hole schnell auf, er scheint zu zögern, dort hinten sind mehrere Abzweigungen. Doch dann verschwindet er als schwarzer Schemen rechts um die Ecke.

Rechts – *er hat einen Fehler begangen.*

Ich kenne die Gänge. Ich kenne mein Favilla. Der Angreifer steckt in der Falle: Die Abzweigung, die er genommen hat, führt in eine Sackgasse. Ich bin wie geladen, jeder Muskel meines Körpers angespannt.

Auf den letzten Schritten werde ich langsamer, das Blut rauscht in meinen Ohren.

Wem stehe ich gleich gegenüber? Einem Schüler? Einem Begrabenen? Irgendjemand ganz anderem, einem Anhänger des Königs?

Lautlos gehe ich in die Hocke und stelle die Blendlaterne ab, passe auf, dass sie keine blechernen Geräusche von sich gibt. Ab jetzt muss ich ohne Licht klarkommen.

Die Schritte des Angreifers sind verklungen. Hat er schon das Ende des Ganges erreicht?

Mit einer schnellen Drehung biege ich um die Ecke. Die Fackel dort vorne in der Schwärze bewegt sich nicht mehr. *Ich hab ihn.*

Mein Herzschlag pulsiert im ganzen Körper. Ich darf die Wände nicht streifen, denn sie sind hier bis zur Decke hoch gestapelt mit Knochen. Wenn nur einer herunterfällt, bin ich entlarvt. *Oder weiß er schon längst, dass ich hinter ihm her bin?*

Ich schleiche auf das Licht zu. Es sind etwa zwanzig Schritte bis zum Ende des Ganges. Vielleicht hat er seine Armbrust längst gespannt, und ich laufe direkt in den Schuss.

Mein Atem geht immer noch schnell. Mühsam unterdrücke ich jegliches Keuchen. Noch einen Fuß vor. Noch einen. Ich bin auf der Hälfte. Er wartet auf mich. Warum sollte er sonst noch verharren?

Ich bin dem Licht jetzt so nah, dass ich erste Umrisse der Umgebung erkennen kann. Nur ist der Fackelschein viel zu niedrig. Er hält sie nicht in den Händen, sie muss auf dem Boden liegen. Er …

Kleidung raschelt, ganz nah. Ich drehe meine gezückte Waffe nach rechts und links.

Mist.

Ein Schwert saust aus der Dunkelheit heran, instinktiv reiße ich Jons Waffe hoch, um zu parieren. Der Schlag vibriert in meinem ganzen Körper. Ich weiche ein Stück zurück, dresche mit dem Schwert von der Seite auf den Schatten, er blockt. Blitzschnell schießt seine Klinge von der anderen Seite wieder auf mich zu. In der Finsternis kann ich sie erst im letzten Augenblick erkennen. Ich werfe mich nach hinten gegen die Wand, Knochen bohren sich in meinen Rücken, poltern auf den Boden herunter. Ich keuche. Ich habe es hier eindeutig mit einem erfahrenen Kämpfer zu tun.

Schnell stoße ich mich wieder von der Wand ab, behalte sie allerdings als Schutz im Rücken. Jons Schwert strecke ich vor mich. »Zeig dich!«, knirsche ich.

Da stürmt er wieder auf mich zu. Seine Schlagfolge ist schnell, ich kann gerade noch so das Schwert mit beiden Händen hochreißen, um zu parieren. Doch es ist viel schmaler als meine gewohnte Axt, es leistet viel weniger Widerstand. Der Schattenkämpfer drängt mich zurück.

Ich spüre meine Kraft im ganzen Körper, ich explodiere fast, weil ich weiß, dass ich diese Gestalt locker zu Boden werfen könnte, aber keine Lücke in seiner Deckung finde.

Ohne irgendeinen Laut von sich zu geben, drängt er mich immer weiter auf das Ende der Sackgasse zu. Schlag auf Schlag, ein einziges schrilles Klingen von Stahl in meinen Ohren. Nachrücken, Schlag. Dann eine schnelle Aufwärtsbewegung mit seiner Waffe, und es ist vorbei: Jons Schwert landet mit einem verurteilenden Klirren auf dem Boden.

Ich mache einen Schritt zurück, pralle gegen die Steinwand. *Jetzt bin ich geliefert.*

Gnadenlos setzt der Angreifer die eiskalte Klinge direkt unter meinem Hals an. Das Metall schimmert im Schein der Flamme. Die Spitze kitzelt meinen Kehlkopf. Ich wage es nicht einmal, zu schlucken, und es fühlt sich an, als würde sich in meinem Körper alles zusammenquetschen, sodass die Luft, die ich einatme, nicht mal mehr meine Lungen erreicht.

Ich erkenne eine dunkle Kutte. Die Kapuze hängt tief über dem Kopf des Schattenkämpfers, ich suche in der schwarzen Öffnung nach einem Gesicht. Ich will wenigstens wissen, *wer* mich tötet.

Aber da ist nichts, so als hätte jemand sein Gesicht ausradiert.

Der Kämpfer atmet aus, ich höre, wie die Luft laut durch seine Nase strömt. Irgendwie zittrig und angespannt.

Nichts passiert.

Er kickt mit dem Fuß Jons Schwert weiter von uns. Das kreischende Schürfen schmerzt in meinen Zähnen.

Und plötzlich kehrt er mir den Rücken zu. Ehe ich realisiere, was da passiert, geht er davon. Er lässt mich einfach in der Sackgasse zurück. Bis er irgendwann mit dem Dunkel verschmilzt und es vollkommen still ist.

Er hatte nie vor, mich zu töten.

2

Favilla. Zirkelraum.

Beim Betreten der Hütte würde die fünfte Diele hinter der Schwelle am lautesten knarzen. Ich wusste, dass Claire gleich an meinem Ärmel zupfen würde, weil sie mir etwas Dringendes mitteilen musste, und schon vor der Hüttentür habe ich die Brummstimme meines Vaters durchs Holz dringen hören. Es war immer das gleiche vertraute Bild, wenn ich von den Minen nach Hause kam.

Ein bisschen ist es jetzt auch so. Jon, der mit den Händen hinter dem Rücken zwischen den Türen und Fackeln steht. Und ich muss nicht nach oben schauen, um zu wissen, dass sich an der Decke die ausgebreiteten Flügel des Phönix über uns erstrecken. Aber vor allem sind es Liv, Callan, Moa, Ellinor, Kyara, Melvin und Estelle, die mir dieses Gefühl von Vertrautheit geben.

Und dann wäre da noch Sam.

Ich sehe schnell zu ihr rüber. Sie kaut auf ihrer Lippe herum und streicht sich ihr blondes Haar hinter die Schulter. Oben glänzt es ein wenig, an den Spitzen ist es leicht verfranst.

Wenn diese Zirkelsitzung vorbei ist, werden wir uns treffen. Ich reibe mir die feuchten Hände an der Hose ab. Ich war noch nie so ungeduldig, so … *neben mir.* Habe ich es gerade geschafft, mich mal für einen Moment auf das Geschehen zu konzentrieren, bringt im nächsten ein Gedanke an Sam alles wieder durcheinander.

Ich streiche mir mit dem Daumen über die Lippen. Gleich werde ich Sam küssen, gleich werde ich das Weich ihrer Lippen spüren. Beinahe macht es mir Angst. Angst, wie sehr ich mich darauf freue.

»Wir haben heute einen weiteren Gast«, erhebt Jon das Wort, und jetzt bin ich auf einmal doch aufmerksam.

Nach dem Anschlag auf den Wissenschaftler ist es in Favilla merkwürdig ruhig geblieben. Der Dürre hat die Leiche weggeschafft. Jon hat den Lehrenden irgendwelche Anweisungen gegeben, die ich nicht hören konnte, und mich nach oben geschickt. Seitdem ist nichts mehr passiert. Zumindest weiß ich von nichts.

Genauso wenig weiß ich, um welchen *Gast* es sich hier handeln soll. Der Zirkel ist vollständig anwesend, und einen Lehrenden würde er so nicht ankündigen.

»Ich habe mich dazu entschlossen, ein neues Mitglied aufzunehmen«, sagt Jon.

Ein Zirkler? Ich sehe einmal in die Runde. Aber wir sind doch schon neun.

»Ich nehme an, es ist zu euch durchgedrungen, dass sich meine Ansichten über die Qualifikationen eines Zirkelmitglieds geändert haben. Es kommt auf mehr an als darauf, ein herausragender Kämpfer zu sein. Es zählt, was ich in euch sehe. Wofür euer Herz schlägt. So ist Noel nun nicht mehr der

Einzige, der keine Prüfung ablegen musste, um einer von uns zu werden.« Jon deutet mit der Hand auf eine Tür hinter uns. »Ellinor, wärst du so lieb?«

Sie steht am nächsten dran, zaghaft zieht sie die Tür auf.

Kurz zucke ich zusammen. Für einen Moment dachte ich tatsächlich, dass es Lucas ist, der den Raum betritt. Keine Ahnung, warum. Vielleicht weil die Vorstellung so schön wäre oder weil er mir immer in den seltsamsten Momenten durch den Kopf geistert. Aber es ist nicht Lucas.

Es ist Lennart.

Er sieht mich und hebt freudig zwei Finger an die Stirn, so als wäre das unser einstudiertes Begrüßungsritual.

Er trägt die Robe mit der roten Phönixträne. Sein Umhang schleift über den Boden. Die Ärmel hat er hochgekrempelt, seine dünnen weißen Handgelenke spuken darunter hervor.

Ich verstehe das nicht. Was in aller Welt hat Jon dazu veranlasst, ausgerechnet Lennart in den Zirkel aufzunehmen?

Getuschel schwillt im Raum an. Ich suche nach irgendeiner Erklärung in Jons Gesicht, aber natürlich verraten seine Augen nichts.

Nun bittet er Lennart, sich neben ihn zu stellen.

»Es freut mich, dich in unserer Mitte willkommen zu heißen«, wendet Jon sich an ihn.

Lennart nickt in seine Richtung, vor Aufregung haben sich rote Flecken auf seinem blassen Gesicht bis hinunter zum Schlüsselbein gebildet.

»Du bist nicht nur ein äußerst guter Beobachter, du hast die Fähigkeit, dir Dinge genau einzuprägen. Zahlen, Fakten, Ereignisse, Kräutergemische, Rezepturen, Details. Du hast einen scharfen Blick, kannst das Entscheidende herausfiltern. Strukturen erkennen. Dein Gedächtnis ist eine wertvolle Waffe für uns.«

Lennart steht kerzengerade, während Jon spricht und nun mit der Hand zu uns anderen deutet. »Du kannst dich neben Noel stellen.«

Lennart kommt mit langsamen Schritten auf mich zu. Sein Grinsen ist nicht ein winziges bisschen verrutscht. Von Nahem kann ich deutlich sehen, wie sich die roten Flecken um den Hals herum verteilt haben, sie sind etwa münzengroß.

Ich klopfe ihm auf die Schulter und werde das Gefühl nicht los, dass er mich wohl ewig verfolgen wird.

Aber egal. Mein Blick wandert noch einmal zu Sam. Nichts kann meine Laune heute trüben.

Sie zupft an ihrem Verband herum. Ich weiß, dass sie lieber sterben würde, als es zuzugeben, aber ich hoffe, sie hat keine allzu schlimmen Schmerzen mehr.

Das Gemurmel legt sich erst wieder, als Jon sich räuspert.

Er holt ein Pergament aus der Innentasche seiner Robe. Ich erkenne das große rote Siegel sofort: Es ist das Pergament, das Sam aus der geheimen Bibliothek mitgebracht hat. Sie wollte davon berichten, als ihr der Angriff auf den Wissenschaftler dazwischenkam.

Ich muss mich beherrschen, ruhig auf meinem Platz stehen zu bleiben. Was hat es damit auf sich? Und warum hat Sam es einfach stillschweigend eingesteckt?

»Ich konnte ein wichtiges Schriftstück in meinen Besitz bringen.« Jon hält es wie ein Banner nach oben. »Ich möchte euch daraus vorlesen.«

Er faltet es auf, kaum merklich zittert die dünne Tierhaut in seinen Händen.

»*Alle fünfzig Jahresumläufe, wenn die Sterne in Schwärmen wandern, spüren die Phönixe, dass die Zeit der Zusammenkunft gekommen ist. Rote Schatten ziehen über das Land, um das Feuer zu suchen. Es liegt in ihrer Natur, so tief verankert, wie bei Fischen, die die Flüsse hinaufwandern, wie bei Vögeln, die vor dem Winter fliehen. Zu dieser Zusammenkunft sind die Phönixe getrieben, um in all ihrer Pracht in Flammen aufzugehen. Gemeinsam brennen. Feuer so gewaltig. Um ein neues Leben zu erschaffen. Von warmen Flügeln umschlossen, an diesem Ort, wo nur das Funkeln ihrer Tränen hinzuführen weiß.*

Alle fünfzig Jahresumläufe, wenn die Sterne in Schwärmen wandern, spüren die Phönixe, dass die Zeit der Zusammenkunft gekommen ist. Rote Schatten ziehen über das Land, um das Feuer zu suchen. Es geschieht am Tag der Feuerwende. Was nicht folgt dieser Natur, gehört dem Widerwärtigen an, geschieht außerhalb der rechten Magie, geschieht entgegen dem Lauf des Lebens.«

Jedes einzelne Härchen auf meinen Armen hat sich aufgestellt. Jons Stimme klang noch nie so ehrfürchtig.

»Das«, er tippt auf das Pergament, »das ist ein Umbruch. Es gibt einen frei lebenden Phönix, es gibt einen Thronfolger, und nun haben wir die entscheidende, bisher fehlende Information: wie wir zu dem Ort kommen, an dem wir beide finden werden. Die Sterne stehen richtig. Es ist das besagte Jahr, in dem die Phönixe zur Feuerwende losziehen. Wenn wir eine Phönixträne in unseren Besitz bringen, dann wird sie uns den Weg leuchten, sie wird uns an diesen Ort führen, und Favilla wird endlich siegreich sein.«

Ich weiß nicht, womit ich gerechnet hatte. Dass wir uns in die Arme fallen, jubeln oder klatschen?

Aber alle stehen noch genauso da wie zuvor. Es ist eine gebannte Stille.

Und wenn ich so in die Gesichter der anderen schaue, bin ich mir sicher, ihr Herz pocht in diesem Moment genauso wild wie meines. Sie überholen einander, ergeben zusammen einen verborgenen Trommelwirbel.

Seit dem Entziffern der Grabinschrift treibt uns alle die Hoffnung auf eine Wende an. Und jetzt haben wir zum ersten Mal wirklich etwas in der Hand.

Wir könnten das Volk befreien, die Wahrheit verbreiten. Ich könnte meine Familie wiedersehen. Meine Mutter, Claire, meinen Vater. Sogar Earl. Ich könnte ihnen endlich von allem erzählen, sie aus den Minen holen. Wir alle könnten ein gemeinsames Leben führen.

Es war überwältigend genug, ein Leben außerhalb unseres Dorfs kennenzulernen, wie würde es erst sein, wenn die ganze Welt sich ändert?

»Noch nie waren wir so nah dran.« Jon breitet die Arme vor uns aus. »Eine neue Zeit steht bevor. Und noch heute Nacht werden wir anfangen, nach ersten Hinweisen zu suchen. Theodor wird euch die letzten Bücher geben, die vom Wassereinbruch übrig geblieben sind. Durchforstet alles. Zunächst einmal sammeln wir. Sobald jemand einen ersten Hinweis auf den Verbleib einer Phönixträne findet, sucht bitte unverzüglich meine Zelle auf. Jedes Zeitkorn kann von nun an über unsere Zukunft bestimmen.«

Er macht eine Pause, und als er dann weiterspricht, klingt

er beinahe feierlich: »Zirkler, lasst uns in die Geschichte eingehen.«

Sam winkt mich an der Schwelle zu sich, ein verschwörerisches Lächeln umspielt ihre Lippen. Die anderen haben den Raum schon verlassen.

»Ich komme gleich nach«, flüstere ich ihr zu und nehme kurz ihre Hand in meine, streiche mit dem Finger über den Handrücken. Ihre Haut ist warm, genau wie meine.

Sam wirft über meine Schulter hinweg einen Blick zu Jon, der uns den Rücken zugewandt hat und irgendetwas in seinen Regalen herumräumt.

»Ich warte draußen«, sagt sie.

Ich nicke, ein bisschen atemlos. »Bis gleich.«

Sam geht noch einen Schritt rückwärts, lächelt, es geht mir durch und durch. Die Tür schließt sich.

Als hätte Jon Augen im Hinterkopf, dreht er sich um, kaum dass Sam den Raum verlassen hat. Ich gehe auf ihn zu. Er grinst und wirkt verändert. Irgendwie gelöst.

»Du wartest seit Jahren auf einen Moment wie diesen. Es freut mich, dass es endlich so weit ist«, sage ich.

»Vielen Dank, Noel. Das weiß ich zu schätzen.« Er lehnt sich nach hinten an das Regal, dann greift er nach einem Krug auf der kleinen Ablage rechts von sich und schenkt sich eine rote Flüssigkeit in einen Kelch ein.

Mit dem Becher in der Hand wendet er sich wieder mir zu. »Wein?«

»Nein danke.«

Er schwenkt den Becher einmal in seinen Händen und hält

die Nase über die Öffnung. Mit geschlossenen Augen atmet er tief ein. »Es ist ewig her«, sagt er.

»Wie gehen wir vor?«, frage ich.

Genüsslich nimmt er einen Schluck. »Ich bin da an einer Sache dran, morgen weiß ich mehr.«

»Denkst du, der König wird nicht auch nach einer Phönixträne suchen?«

»Noel«, sagt er jetzt etwas ernster und stellt den Kelch hinter sich ab. »Ich weiß, die Neuigkeiten sind überwältigend, aber ich wollte mit dir dringend über anderes sprechen.« Der gewohnt konzentrierte Blick ist auf sein Gesicht zurückgekehrt. »Was hältst du von dem Anschlag auf den Wissenschaftler?«

Bisher hatten wir kaum Gelegenheit, darüber zu sprechen. Was ich ihm jetzt sage, wird ihm möglicherweise nicht gefallen. Trotzdem, ich will ehrlich sein. »Jon, der Angreifer hat mich einfach gehen lassen. Natürlich könnte der Wissenschaftler umgebracht worden sein, weil er wichtige Informationen besaß, von denen irgendjemand nicht will, dass sie uns erreichen.« Ich schlucke. »Aber hast du schon mal daran gedacht, dass der Anschlag vielleicht dir gelten sollte?«

»Möglich«, sagt er kurz angebunden und greift wieder nach seinem Wein. »Wichtig ist auf jeden Fall, dass ihr die Sache geheim haltet. Ich möchte die Zirkler in dieser euphorischen Stimmung nicht unnötig beunruhigen. Sicher ist äußerste Vorsicht geboten, ich beobachte noch genauer als sonst, was in meiner Lehranstalt vor sich geht. Nur wenige Begrabene, die Lehrenden und die Zirkler wissen von den Gängen in Ebene Drei. Das gibt Grund zur Sorge.«

»Ich halte Augen und Ohren offen«, sage ich.

»Ich weiß.« Jon nippt erneut am Wein, ich kann deutlich hören, wie er schluckt. Ich glaube, er spricht nicht gerne über diesen Vorfall. Fürchtet er sich und will es sich nur nicht anmerken lassen? Oder ist er heute Abend einfach zu sehr von dem Pergament vereinnahmt?

»Ich möchte, dass Lennart sich gut integriert, du sorgst dafür?« Die Kugelaugen mustern mich.

»Natürlich«, sage ich und hoffe, mein kurzes Zögern ist ihm nicht weiter aufgefallen. »Wir waren noch nie mehr als neun Mitglieder«, stelle ich dann fest.

»Ich habe auch nicht vor, es bei zehn zu belassen.«

»Was heißt das?«

»Callan macht sich seit Langem um den Zirkel verdient. Mirlinda ist tot, ich brauche Ersatz. Ich möchte ihn ab sofort als neuen Lehrenden einsetzen. Er ist treu, erfahren und zielstrebig genug, um diese Aufgabe zu meistern.«

»Wie, denkst du, werden die anderen darauf reagieren?«, frage ich.

»Das spielt keine Rolle. Ich wollte es ihnen eigentlich heute schon sagen, aber das wäre zu viel auf einmal gewesen. Sie sollen sich nun als Erstes mit der Neuigkeit der Feuerwende auseinandersetzen.« Er kippt den letzten Rest aus seinem Kelch hinunter. »Callan habe ich längst in meine Pläne eingeweiht. Er bereitet sich vor. Ich bin mir sicher, die Schüler werden ihn mit Respekt behandeln.«

»Jon. Die Feuerwende, die Phönixe …«

»Vorerst gilt es nur, eines zu tun, Noel«, unterbricht er mich und stellt den Becher etwas zu laut auf dem Holz hinter sich ab. »Ich habe dir schon mal gesagt, dass sämtliche Störungsfaktoren in heiklen Zeiten aus dem Weg geräumt werden müssen.« Er faltet die Hände zusammen.

»Du weißt, wie viel Wert ich auf ein stabiles Informationsnetz lege, wie wichtig mir meine Verwalter, meine Schüler und Kämpfer sind. Schon der kleinste Fehltritt kann alles zusammenbrechen lassen, weißt du. Wenn nur einer nicht mit vollem Einsatz dabei ist, kann er allen anderen damit schaden.« Jetzt tritt er an eins der Regalfächer heran. Die Bücher darin sind der Reihe nach aufgestellt. Er tippt das äußerste Buch mit dem Finger an, und alle anderen in der Kette kippen mit einem dumpfen Knall nacheinander auf den Regalboden. Jon sieht von den umgefallenen Büchern wieder zu mir. »Du musst diese Gefühlsangelegenheit mit Sam beenden.«

3

Favilla. Schlafzelle.

Alles in mir stürzt zusammen.

Wo zuvor glühende Aufregung war, wo alles von Sams Stimme umgeben war – ist es plötzlich stockfinster.

Nicht jetzt. Nicht nach all dem, was Sam und ich durchgemacht haben. Das darf Jon einfach nicht ernst meinen. *Wie kann er* das *von mir verlangen?*

»Wir haben viel erreicht, Noel«, sagt er. »Ihr habt Mirlinda zur Strecke gebracht. Du hast das Rätsel entdeckt, ihr seid in der geheimen Bibliothek den Greifen entkommen, habt mir das Pergament gebracht. Du bist maßgeblich an unseren Fortschritten beteiligt. Ich vergesse nichts. Ich habe großen Respekt vor deinem Einsatz für Favilla. Und gerade deshalb muss ich dafür sorgen, dass ich weiter auf dich zählen kann.«

Seine Worte rauschen an mir vorbei. Ich will sie gar nicht hören, ich will ihm nur noch den Rücken zukehren und gehen. Ich …

»Wir stehen vor einer Revolution. Im Kampf, aber auch bei wichtigen Entscheidungen und beim Planen, kann die kleinste Ablenkung schwerwiegende Folgen haben. Du konntest mir nicht mal an einem Tag wie heute vollste Aufmerksamkeit schenken, dir ist doch bewusst, dass mir so etwas nicht entgeht. Dir muss klar sein, dass ich das nicht dulden kann.«

Das Schlimme ist, ich kann noch nicht einmal widersprechen. Ich war so voll von Sam, dass die Hälfte der Zirkelsitzung einfach an mir vorübergezogen ist. Und dieses Zusammenstürzgefühl hat meinen ganzen Körper unter Kontrolle.

»Jon, du kannst das nicht von mir verlangen. Sam …«, ich breche ab. Denke nach, aber da ist reinstes Durcheinander. »Der Mission wird nichts im Wege stehen, das versichere ich dir. Ich bekomme das hin.« Ich fahre mir durch die Haare, bleibe mit den Fingern an den verknoteten Stellen hängen. »Ich *verspreche* es dir«, sage ich und hasse es, wie flehend meine Stimme dabei klingt. Und als ich sehe, wie abwertend mich Jon jetzt ansieht, da hasse ich dieses Betteln in meiner Stimme noch viel mehr. »Merkst du nicht, wie du mit mir redest? Wenn du klar denken könntest, würdest du so etwas nicht sagen. Du weißt, was ich von dir erwarte.« Jedes Wort von ihm ist wie ein Schlag, der immer wieder auf dieselbe schmerzende Stelle trifft.

»Aber …«, beginne ich erneut, doch Jon unterbricht mich.

»Ich glaube, ich muss mich etwas deutlicher ausdrücken. Dass ich dich in ein besonderes Vertrauen ziehe, heißt nicht, dass du derartige Privilegien besitzt. Sam bringt dich in Gefahr, indem sie deinen Geist schwächt und somit auch Favilla. Wenn du nicht in der Lage bist, diese Gefahr zu entschärfen, dann werde ich es tun.« In seiner Stimme liegt eine Härte, die ich selbst bei ihm selten gehört habe. »Und ich glaube nicht, dass du das willst.«

Es gibt nichts mehr zu sagen. Ich drehe mich langsam um, mache irgendwie einen Schritt nach vorne. Die Kälte des Türgriffs durchfährt mich eisig.

»Ich weiß, dass du das Richtige tun wirst«, schnarrt Jons Stimme hinter mir.

Die Tür kam mir noch nie so schwer vor. Dumpf und bedrohlich fällt sie hinter mir ins Schloss zurück.

Draußen im Gang legen sich sofort Sams schmale Finger auf meine Oberarme. Sie hat auf mich gewartet.

»Da bist du ja endlich«, flüstert sie.

Ihre Berührung schmerzt. Sie schmerzt überall auf meiner Haut.

Ich sehe auf ihre Finger. Der Halbmond in ihren Nägeln. Diese Hände, die mir so vertraut sind.

»Ich kann das nicht«, murmle ich.

Sie legt beide Hände auf mein Gesicht, dreht meinen Kopf sanft, aber entschieden zu sich, sodass ich sie ansehen muss.

Dann werde ich es tun. Dann werde ich es tun. Ich schüttle nur den Kopf. *Und ich glaube nicht, dass du das willst.*

»Was ist los?« Sam drückt ihre Finger fester auf mein Gesicht. Ich sehe nun Verunsicherung in ihren Augen aufblitzen.

»Rede mit mir, was ist?«, drängt sie.

Aber ich löse mich von ihr. »Tut mir leid.«

Ich muss weg, los, den Gang hinunter. Wo es immer dunkler wird.

»Noel!«, schreit sie mir nach.

Ich balle die Hände zu Fäusten, beiße die Zähne zusammen,

spanne den ganzen Körper an, weil ich es irgendwie schaffen muss, das auszuhalten, weil ich mich nicht einfach wieder zu ihr umdrehen darf.

Und ich gehe weiter, immer weiter auf das Schwarz zu. Der dunkle Gang verschlingt mich.

Wie eine nie endende Nacht.

Ich habe von dem Lagerfeuer geträumt und den gewaltigen Umrissen der Berge vor dem Nachthimmel. Ich habe gesehen, wie sich die züngelnden Flammen in ihren großen Pupillen widergespiegelt haben. Habe die ganze Zeit ihre Stimme gehört. *O schaurig und schön war die Wanderschaft …*

Es bringt mich um. Das hat sie nicht verdient. Niemals hat sie es verdient, dass ich ihr so wehtun muss.

Und nicht nur ihr. Ich habe kaum die zwei Tage ausgehalten, in denen sie noch im Fieber lag, ich habe kaum die letzte Zirkelsitzung ausgehalten. Wie soll *ich* das schaffen?

Von Jons Drohung würde sich Sam niemals einschüchtern lassen, aber ich darf ihre Sicherheit nicht gefährden.

Etwas Weiches landet auf meinem Gesicht. Leinenstoff. Mit den Fingerspitzen ziehe ich es von mir.

»Ist das deine Hose?« Ich rümpfe die Nase und sehe zu Melvin.

»Du reagierst ja nicht. Hätte ich lieber die Blendlaterne werfen sollen?« Er grinst mir von seinem Bett aus zu.

»Und?«, fragt er.

»Was *und*?«

»Ja, war's gut?« Er rutscht ein paarmal ungeduldig auf seinen Fellen herum. »Du weißt schon, mit Sam.«

Ich schleudere die Hose zu ihm zurück. Ich bin gestern Nacht ewig in den Gängen umhergelaufen. War erst in der Zelle, als er schon geschlafen hat. Natürlich ist er von etwas anderem ausgegangen.

»War gut«, sage ich knapp.

»Das ist alles?«, fragt er.

Ich stütze mich auf die Ellenbogen und wische mir mit einer Hand übers Gesicht.

»Ha!« Er lacht. »So wie du aussiehst, fand sie dich schon ein bisschen mehr als gut.« Er schüttelt amüsiert den Kopf. »Ich hab's gewusst! Die Sam geht ab.«

»Melvin«, unterbreche ich ihn unwirsch. »Ich war nicht bei Sam.«

Er sieht enttäuscht aus. »Wo dann?«

»Jon«, antworte ich. Mehr Erklärung braucht es wohl nicht.

»Na dann eben heut Abend«, sagt er.

Ich nicke mit einem aufgesetzten Lächeln.

Beim Frühstück drängelt sich Lennart unter Protesten der anderen am Versorgungstisch vor, sodass er neben mir stehen kann. »Voll cool, dass ich jetzt bei euch dabei bin«, flüstert er. Doch er flüstert viel zu laut.

Ich ziehe ihn am Ärmel auf die Seite, halte meine Stimme gesenkt. »Finde ich auch. Aber du darfst hier nicht von dieser Sache reden.«

»Ich weiß«, sagt Lennart. »Deshalb hab ich mir gedacht, wir könnten in verschlüsselter Sprache darüber sprechen. So als Tarnung, verstehst du?«

Ich ziehe die Brauen zusammen, drehe mich jetzt wieder

zum Tisch und schaufle ein paar der letzten Käfer und Wurzeln auf meinen Teller, bevor sie weg sind.

»Wir tun so, als würden wir uns über das Würfelspielen unterhalten. Wenn wir von Aktionen sprechen, sind eigentlich Missionen gemeint. Bei Kettenhemdringen die Zirkler, bei König Jon und –«

Langsam wird das Essen auf meinem Teller kalt, und der Geruch nach frisch Gebratenem verfliegt. Lennart ist immer noch nicht fertig mit seiner seltsamen Verschlüsselungstheorie.

»Ich glaube, das klappt nicht«, unterbreche ich ihn, woraufhin Lennarts Schultern nach unten sinken. »Also, ich finde, es ist eine sehr gute Idee, aber ich glaube nicht, dass die anderen sie anwenden können, ohne trotzdem auffällig zu sein«, schiebe ich als lahme Erklärung nach und klopfe ihm einmal auf die Schultern, wobei ihm fast einer der Käfer vom Tellerrand rutscht.

Wir schlendern Richtung Tisch, und ich halte plötzlich abrupt an. Sam.

Natürlich ist sie da. Das habe ich gewusst, aber nicht, dass es so hart sein würde. Lennart winkt ihr bereits von Weitem zu. Sie winkt zwischen den Öllampen zurück.

Wir bahnen uns einen Weg durch die hungrigen Schüler hindurch. Die anderen am Tisch haben mir den Platz gegenüber von Sam frei gehalten. Als ich vor der Bank stehen bleibe, hört sie kurz auf zu kauen. Ihr Gesicht im weichen Schein der Öllampen verkrafte ich heute kaum.

»Was war los gestern?«, fragt sie, als ich ein Bein über die Bank schwinge.

»Jon, er …«, stammle ich und stelle mein Essen ab. Ich bin einfach nicht gut im Lügen. »Er hat mich gestern überrumpelt mit all den Neuigkeiten. Ich war etwas durch den Wind. Tut mir leid. Wie geht's deinem Arm?«, wechsle ich schnell das Thema.

»Schon besser.« Sie schenkt mir ein zuversichtliches Lächeln. *Verdammt.* Ich kann das nicht.

»Du solltest dich schonen«, sage ich.

»Tu ich.«

»Gut.« Ich weiß nicht, was ich sonst noch sagen soll, und beginne hastig zu essen.

Estelle guckt mich verwundert an, dann wechselt sie ein paar Worte mit Sam, erzählt irgendetwas von Rolands Ausraster beim letzten Gedankenunterricht. Die beiden sitzen jetzt wieder nebeneinander. Sie haben sich vertragen. Bestimmt haben sie auch über mich gesprochen.

Ich schlucke den letzten Bissen hinunter. So schnell habe selbst ich meinen Teller noch nie geleert. Als ich aufstehen will, merke ich, dass ihr Blick nun wieder auf mir ruht.

»Ich komme dich später in der Zelle besuchen«, sage ich und stemme mich vom Tisch hoch.

Ich habe keine Ahnung, warum ich das gesagt habe.

4

Favilla. Große Halle.

Zwanzig Eisengestelle sind in die Halle befördert worden. Immer zu dritt reihen wir uns an einem auf. Wir sollen Schlagtechniken mit dem Streithammer üben. Ich werde den Anfang machen, starre schon eine ganze Weile das Gestell vor mir an. Ein Schild ist darin in einer massiven Halterung befestigt.

Das Gemurmel der Schüler übertönt schon das Knistern der Feuerkörbe, als Nikolai endlich beginnt, uns einzuweisen.

»Trainiert mit voller Kraft. Keine halben Sachen. Die Eisenbeschläge auf den Holzschildern halten einiges aus. Mit einem Kriegshammer könnt ihr einen Gegner trotz Plattenrüstung sehr gut verwunden.« Sein Hammer liegt locker auf seiner Schulter. »Es gibt zwei Möglichkeiten.« Jetzt hält er die Waffe vor sich. Von meinem Standpunkt aus gesehen, teilt sie sein Gesicht in zwei gleich große Hälften.

»Erste Möglichkeit: Man schlägt mit dem flachen Hammerkopf zu, sodass die Rüstung durch die Übertragung der enormen Wucht eingedellt wird und meist sogar die Knochen darunter brechen. Zweite Möglichkeit: Man durchstößt die

Rüstung mit dem Schlagdorn.« Nikolai fährt mit den Fingern über die spitze, schnabelartige Stelle am Hammer. »Während ihr bei der ersten Variante einen Gegner im Kampf meist lediglich beeinträchtigt, indem ihr ihm den Atem nehmt oder seine Rippen brecht, könnt ihr ihm bei der zweiten Variante schwere Verletzungen zufügen, selbst ein dicker Plattenpanzer bietet dann nur noch wenig Schutz: Der Schlagdorn kann sich mehrere Fingerbreit in den Körper bohren.«

Sofort habe ich das Bild einer Königswache im Kopf. Ein in Stahl verpackter Todbringer. Kein Wunder, dass sie uns den Umgang mit dem Streithammer lehren.

Ich will jetzt anfangen, endlich auf den Schild einzuprügeln. Ich winde meine Hände um den mit Leder bespannten Holzgriff.

Sam ist heute noch den letzten Tag vom Unterricht befreit, das macht meinen Kopf etwas klarer. Aber auch wenn sie nicht da ist, kann ich ihre Anwesenheit förmlich spüren. Es reicht, zu wissen, dass sie dort unten in ihrer Zelle auf den Fellen liegt, vielleicht sogar gerade an mich denkt. Und es reicht, dass *ich* unentwegt an sie denke, egal, was ich tue.

»... da der Schlagdorn nach unten gebogen ist, kann man den Gegner umreißen, indem man den Dorn einhakt. Hierfür erfordert es außerdem etwas weniger Krafteinsatz ...«

Es ist nicht fair. Es ist einfach nicht fair, was Jon uns da antut. Ich verstehe seine Argumente zwar, aber ... Ich spüre diese Sehnsucht nach Sam überall in mir brennen. Es prickelt in meinen Fingerspitzen, auf meiner Zunge.

»Die Übung beginnt *jetzt*!«, brüllt Nikolai vom Podest.

Ich atme noch einmal tief durch. Von allen Seiten dringen

laute Schläge zu mir rüber, die zwischen den hohen Wänden bedrohlich widerhallen. Als wäre hier unten ein Krieg ausgebrochen.

Ich fixiere den Schild vor mir. Kraft pulsiert in wilden Stößen durch meinen Körper, wütende Kraft. Ich hole aus, lasse den Hammer mit einem Schrei hinuntersausen: ein ohrenbetäubendes Krachen, eins, das alles in mir aufweckt.

Schwer atmend hebe ich den Hammer wieder, und erst jetzt, als Kai neben mir plötzlich verstummt und mich anstarrt, merke ich es: Ich habe den Schild im Eisengestell nicht zerbeult, ich habe ihn *zerteilt*.

Kai zieht scharf die Luft ein. Ich lasse den Hammer sinken.

Atme. Sehe noch mal vom gespaltenen Holz in sein Gesicht, er senkt den Kopf. Ich kann das gerade nicht ertragen. Genauso wenig wie das heiße Pochen in meinen Handinnenflächen.

Ich drehe mich um, und obwohl sie nicht da ist, fürchte ich, dass gleich irgendwo Sams grüne Augen aus der Schülermenge stechen könnten.

Nikolai steht am anderen Ende der Halle und versucht, einem der Schüler die Schlagtechnik zu erklären. Sein breites Kreuz zeigt in meine Richtung. Noch hat er nichts von meiner Aktion mitbekommen, das liegt eindeutig an dem Krach zahlloser auf Holz donnernder Streithämmer.

Immer noch spüre ich den Schlag in meinem Arm nachbeben. Langsam öffne ich die Finger, die Waffe fällt zu Boden. Ich muss raus, will hier weg.

Ich überlege nicht lange, sondern rausche durch die Halle und versuche, auf meinem Weg alles andere auszublenden, stoße die schweren zweiflügeligen Türen zum Gang auf. Die

Schläge in der Halle übertönen alles, Nikolai scheint mein Verschwinden nicht zu bemerken.

Im Gang massiere ich mir das Handgelenk und warte, bis die Wut abebbt. Ich presse die Handflächen an den kühlen Fels, sie fühlen sich an wie aufgescheuert. So haben sie sich manchmal nach einem der ganz langen Tage in den Minen angefühlt. Da half nicht mal mehr die Hornhaut, die sich über die Jahre gebildet hatte.

Eine Weile starre ich nur auf den Stein vor mir. Auf die körnige Oberfläche, die hier und da ein paar schärfere Kanten hat. Ich versuche, an nichts zu denken. Aber selbst durch die Tür kann man die Hammerschläge deutlich hören.

Ich beiße die Zähne zusammen. Es ist, als könnte ich jeden einzelnen Schlag an mir selbst fühlen, als würden sämtliche Hämmer auf mich niedersausen. Das alles hört nicht auf.

Und das Schlimmste ist, dass ich keine Wahl habe. Wenn ich mich Jon widersetze, bringe ich Sam in Gefahr.

Und ich glaube nicht, dass du das willst.

Seine Anweisungen waren klar und deutlich, wie immer. Und ich weiß, wie konsequent er sein kann. Meine Augen brennen. Ich muss das mit Sam beenden.

Ich drücke die Handflächen immer fester gegen die Wand, das Pochen verschwindet nicht.

Plötzlich schwingt die zweiflügelige Tür der Großen Halle auf.

»Halb so wild, Meisterschütze.« Es ist Melvins Stimme. Und der Meisterschütze demnach – ich sehe auf: Lennart.

Er hält sich die Hand. »Es brennt wie blöd«, jammert er.

Gleich sind sie auf meiner Höhe. Ich muss mich zusammenreißen.

»Da bist du«, sagt Melvin, als er mich entdeckt. Sie bleiben vor mir stehen.

Ich schaue auf Lennarts Hand. »Alles in Ordnung?«, frage ich.

Er zuckt mit den Schultern. »Nur ein kleiner Unfall«, sagt er tapfer und streckt mir seinen blutenden Daumen entgegen, verzieht dann jedoch schmerzerfüllt das Gesicht.

»Wie hast du das denn hinbekommen?«

Er zuckt noch mal mit den Schultern. »Keine Ahnung, hat erst wehgetan, als ich's gesehen hab.«

Melvin wuschelt ihm einmal durch die Haare. »So was bekommst auch nur du hin.«

Etwas Blut von Lennarts Finger tropft auf den Steinboden.

»Na ja, wir sollten jetzt mal in die Krankenstation, sonst hinterlässt du hier noch eine ganze Spur.« Melvin schiebt Lennart an den Schultern vor sich her.

»Kommst du mit?« Lennarts große Insektenaugen halten mich gefangen.

Kann er mich nicht einfach in Ruhe lassen? Ich atme einmal tief durch. *Er kann nichts dafür*, sage ich mir dann.

»Ich, ähm …«

»Ich finde, Nikolai sollte dich mal ordentlich verprügeln«, unterbricht mich Melvin und zeigt in gespieltem Ernst auf meine Brust. »Seit du und Jon beste Freunde seid, denkst du wohl, du kannst einfach mal so 'ne Pause vom Unterricht machen. Lennart musste sich dafür immerhin verletzen.«

Kurz ist es still, bis wir alle drei lachen. Aber ich bin mir nicht sicher, ob Melvin das Ganze wirklich so witzig findet.

»Gut, ich gehe mit, bevor ich noch Ärger bekomme, wenn ich da wieder reinplatze«, sage ich also schnell.

»Cool.« Lennart boxt mit der gesunden Faust gegen meinen Oberarm. Das hat er sich bei Melvin abgeguckt.

Mit jedem Schritt wird es ruhiger. Die Gänge sind leer, alle anderen befinden sich im Gesamtunterricht.

Vor der Krankenstation klopfe ich ein paarmal gegen die Tür mit dem sichelförmigen Zeichen. Niemand macht auf.

»Jon scheint nicht da zu sein.« Ich drehe mich zu den beiden anderen um.

»Einen Verband können wir uns sicher trotzdem holen.« Melvin reißt die Tür einfach auf.

Alles sieht aus wie immer. Der Raum wirkt ohne Jon darin völlig unberührt. Die Fläschchen reihen sich in den Regalen, daneben die zusammengefalteten Stofflaken. Nur eines der metallenen Geräte schwingt noch lautlos am Haken vor und zurück.

Jemand muss gerade erst hier gewesen sein.

Melvin schnappt sich zwei frische Stofffetzen aus dem Regal und begutachtet Lennarts Wunde genauer; der Schnitt scheint wirklich tief zu sein. Dann wickelt er den Stoff sorgfältig um Lennarts Finger, dazwischen bindet er den anderen Fetzen zusammengerollt als Druckpolster ein.

Ich gehe so lange unruhig auf und ab, sehe mich immer wieder um.

Ich habe keine guten Erinnerungen an diesen Raum. Nur die Bilder von Noras aufgerissener Leiche im Kopf.

»Das hätten wir.« Melvin macht einen letzten Knoten, um den Verband zu sichern. »Lasst uns wieder verschwinden.«

Lennart inspiziert seinen Daumen ganz genau, zieht den Stoff ein Stück zurecht und scheint schließlich zufrieden damit.

Ich schaue noch einmal zu den metallenen Geräten. Das äußerste hat zu schaukeln aufgehört. »Ja«, sage ich. »Gehen wir.«

»Leute, Leute, guckt mal!« Lennart hat zwei der Fläschchen aus dem Regal an der hinteren Wand genommen und spielt damit herum. »Ich bin Jon, der Internatsleiter.« Er verstellt seine Stimme, um Jon nachzuahmen, dabei reißt er die Augen ganz weit auf. Manchmal, glaube ich, will er gern so lustig sein wie Melvin.

»Lennart, nichts für ungut, aber stell sie lieber wieder zurück«, sage ich. Wer weiß, was für Flüssigkeiten Jon in diesen Flakons aufbewahrt.

»Na gut.« Lennart schmollt theatralisch, dann geht er auf die Zehenspitzen, um das erste Glasfläschchen zurück ins Regal zu stellen. Er verlagert sein Gewicht vom einen Fuß auf den anderen – das wird schiefgehen!

»Halt!«, rufe ich. »Lass mich das machen.«

Ich gehe einen Schritt auf ihn zu, da ist es schon zu spät: In dem Moment, in dem sich Lennart zu mir umdreht, eine Hand noch am Regal, rutscht eines der Fläschchen vom Holz und zerspringt klirrend auf dem Boden; die Glasscherben schießen in alle Richtungen. Eine bläuliche Flüssigkeit sammelt sich in den Rillen am Boden. Ein schwerer Geruch geht davon aus, er erinnert mich an nasses Leder.

»Ach, Scheiße!«, flucht Melvin.

Lennart steigt schlagartig die Röte ins Gesicht. »Das wollte ich nicht, Leute, tut mir echt leid.« Er geht in die Hocke und greift nach den Glassplittern.

»Nicht!«, schreien Melvin und ich gleichzeitig. Lennart schaut erschrocken auf.

»Das könnte ätzend sein«, sage ich.

»Ach ja. Stimmt, stimmt«, nuschelt er und wischt sich hektisch die Hände an der Hose ab, obwohl er eigentlich noch gar nichts berührt hat. »Was jetzt?«

»Wir rennen weg und schieben alle Schuld auf den Dürren«, sagt Melvin, und Lennart fängt etwas verzögert an, zu glucksen, als er merkt, dass Melvin einen Witz gemacht hat.

Der bleibt nun stehen und schiebt die Zungenspitze leicht aus dem Mund, während sein Blick sich durch den Raum bewegt. »Ah«, sagt er schließlich. Auf dem Tisch liegen die weißen Handschuhe, die Jon immer bei der Arbeit trägt.

Melvin streift sie sich über und spreizt die Finger, um sie ganz auszufüllen.

Er grinst, will etwas sagen, aber da stockt er plötzlich, und sein Gesicht nimmt einen komisch erschrockenen Ausdruck an. Ich werfe einen Blick über die Schulter, weil ich im ersten Moment vermute, Jon steht im Türrahmen, aber da ist niemand.

Ich gehe auf Melvin zu, er ist wie erstarrt, hält die rechte Hand von sich und sieht sie entgeistert an.

»Alles in …?«

Und da beginnt er auf einmal zu schreien.

5

Favilla. Krankenstation.

Melvin schreit und schüttelt die rechte Hand wie wild von sich, aber die Handschuhe bleiben an seiner Haut kleben. Er reißt hektisch daran rum, doch es funktioniert nicht. Stöhnend sackt er auf die Knie und klemmt seine Hände jetzt zwischen die Schenkel, um die Handschuhe abzuziehen. Irgendetwas muss da drin sein!

»Tu was!«, ruft Lennart aufgeregt hinter mir und löst mich damit aus meiner Schockstarre. »Wir müssen was tun!«

Ich renne auf Melvin zu. Er schafft es kaum, mir die Hände entgegenzustrecken. Tränen füllen seine Augen.

Wieder schreit er auf und krümmt sich, als würde man ihn foltern.

»Gib mir deine Hände!«, brülle ich.

Er versucht sich aufzurichten, da schnappe ich einfach selbst nach den Handschuhen und ziehe sie von ihm, schrecke sofort zurück.

Seine rechte Hand ist aufgequollen und von weißen Bläschen übersät, die sich auf dem Handrücken verteilt haben. Die Haut dazwischen ist rosarot, sie sieht angefressen aus bis aufs Fleisch, als hätte man die Schichten abgeschält. Und irgendetwas … ich umfasse sein Handgelenk fester, damit er stillhält: Ein weißer, fast durchsichtiger Stachel steckt in seinem Zeigefinger, direkt an der dick geschwollenen Kuppe. Ein schwarzroter Tropfen Blut hat sich am Einstich rausgequetscht.

»Lennart!«, schreie ich. »Hol sofort Jon! Lauf los und hol Jon!«

Hinter mir setzen Schritte ein, die Tür schlägt zu.

Melvin stöhnt noch einmal furchtbar, dann kippt sein Kopf kraftlos nach vorne.

»Melvin!« Ich fange ihn an den Schultern auf und stütze ihn. *Lennart, beeil dich, oh bitte, Lennart, renn, so schnell du kannst!*

Melvin hustet und ringt nach Luft. Er hebt den Kopf ein Stück an, blinzelt benommen. »Es ist in mir drin …«, röchelt er, »… überall.« Mit der angefressenen Hand zeigt er an seine Kehle. »Mach, dass es aufhört!«

Der Stachel!

Ich muss ihn rausziehen.

»Stillhalten!«, sage ich. Die Bläschen auf dem Handrücken sehen aus, als würden sie gleich aufplatzen.

Mit zittrigen Bewegungen nehme ich den Stachel zwischen die Finger, ein schneller Ruck, und er ist raus. Melvin schreit fürchterlich auf, Schweißtropfen fallen von seinen Schläfen auf sein Hemd.

Kurz betrachte ich den seltsam gebogenen Stachel in meinen Fingern, was zum Henker ist das? Dann werfe ich ihn zur Seite.

Melvins Augenlider flattern. Nein, er darf jetzt nicht wegtreten.

»Melvin!«, brülle ich und klatsche ihm auf die Wange. »Bleib bei mir, Melvin!«

Ich drehe ihm das Ohrläppchen um, so kräftig es geht, aber er reagiert nicht mal darauf, schlaff hängt er in meinen Armen. Vielleicht hat es sich längst so tief in ihn hineingefressen, dass alles zu spät ist.

Jon, wo bleibst du?

Er bewegt sich nicht.

Jon, ich brauche dich hier!

Mein Kopf ist wie blockiert. Ich lege den Zeigefinger an Melvins Hals, aber in der Panik finde ich keinen Puls. Verdammt, das ist Melvin!

Ich sehe hektisch im Zimmer umher. Es muss doch irgendein Gegenmittel geben, irgendetwas, damit es aufhört. *Denk nach, Noel.*

Ich schlucke. Das passiert gerade nicht wirklich … das …

Die Tür schwingt auf.

Jon.

»Zur Seite«, sagt er, ohne mich anzusehen.

Ich lasse vorsichtig von Melvin ab. Jon kniet sich vor ihn auf die Steine.

»Kannst du ihm helfen?«, frage ich.

»Drittes Fach. Siebtes Fläschchen, gib es mir«, befiehlt er, und ich stehe hastig auf, zähle ab, ziehe das Fläschchen raus, reiche es ihm. Jetzt sieht Jon mich kurz an, seine Augen verraten nichts. »Warte draußen.«

Ich nicke abwesend, stolpere vorwärts, öffne die Tür. Der Dürre verschließt sie draußen wieder, um sich dann davorzustellen.

Jemand tippt mir hektisch von hinten auf die Schulter. Lennart. Um seinen Mund zeichnet sich ein weißes Dreieck. Er ist vom Rennen immer noch aus der Puste, und sein hektischer Atem liegt unruhig zwischen den Wänden. Ich stehe einfach nur da.

»Das ist alles meine Schuld«, sagt er.

»Jon weiß, was zu tun ist.«

»Denkst du, Melvin … denkst du, er schafft es?«

»Jon wird ihn retten.« Ich verschränke die Arme vor der Brust.

»Was war das in den Handschuhen?«, fragt Lennart weiter.

»Keine Ahnung.«

»Jemand wollte also eigentlich Jon damit töten?«

Ich zucke mit den Schultern.

»Wenn mir das nicht runtergefallen wäre, dann …«

»Lennart, es bringt nichts, jetzt darüber zu sprechen, sei am besten einfach mal für einen Moment still.« Ich stütze mich mit der Hand an der Wand ab. Mein Kopf glüht.

»Ich würde mir das nie verzeihen, wenn Melvin … du weißt schon.« Lennart macht eine unbestimmte Geste mit der Hand.

»Jon. Weiß. Was. Zu. Tun. Ist.« Meine Stimme wird mit jedem Wort lauter. Lennart verstummt.

Aber die Zeit geht nicht vorbei. Und die Tür ist immer noch verschlossen. Was macht Jon so lange da drin?

Ich tippe ungeduldig mit den Fingern gegen die Wand. Lennart nestelt an seinem Verband herum, ich muss wegsehen, mein Blick schweift wieder zur Tür, trifft auf das blasse Gesicht des Dürren. Ich weiß nicht, wohin ich gucken soll, also schließe ich die Augen, aber das macht es auch nicht besser. Sofort sehe ich Melvins angefressene Hände vor mir.

»Noel …«, sagt Lennart ganz leise. »Wer macht so was?«

Seine Worte tun in meinem Kopf weh, ich habe keine Antwort. Ich öffne die Augen wieder, er schaut zu mir hoch.

»Rede doch mit mir«, drängt er.

»Es reicht, Lennart!« Ich schreie plötzlich, weil es jetzt einfach mit mir durchgeht. Melvin könnte da drinnen sterben! Wieso kann er nicht endlich still sein?

»Du hast doch immer diese Sitzungen mit Jon. Ich dachte, du weißt vielleicht mehr«, murmelt Lennart.

»Weiß ich aber nicht, okay?«

»Du willst mich nicht im Zirkel haben, hab ich recht?«

»Nein! Du verstehst es nicht!« Seine beleidigt nach vorne geschobene Unterlippe macht mich nur noch rasender. »Du …«

»Du willst nicht mit mir befreundet sein, ist es das?«, fragt er.

»Genug jetzt!« Drohend mache ich einen Schritt auf ihn zu, was ihn zusammenzucken lässt. Ich könnte platzen und weiß auf einmal selbst nicht mehr, was ich hier mache. Meine Fäuste sind geballt. Es ist ja nicht so … es ist nur … *verdammt*. Melvin liegt dort drin, und alles läuft aus dem Ruder. Alles!

»Bitte«, sage ich, so ruhig es mir irgendwie möglich ist. »Lass uns das später besprechen.«

Er will etwas sagen, da klopft es zweimal von innen gegen die Tür der Krankenstation.

Wir halten inne.

Endlich! Ich mache einen Schritt vor. Weiß aber plötzlich gar nicht mehr, ob ich da reinwill.

»Du«, sagt der Dürre und zeigt auf mich.

Er tritt zur Seite, sodass ich die Krankenstation betreten kann.

Meine Beine sind wacklig, als hätte man darin irgendetwas durchgeschnitten, das sie sonst zusammenhält.

Melvin liegt immer noch an derselben Stelle auf dem Boden. Verbände sind um seine Hände gewickelt, eine Kräuterpaste drückt darunter hervor. Vier Fläschchen stehen auf Jons Tisch, eines ist leer, die anderen drei noch etwa bis zur Hälfte gefüllt.

Nervös trete ich näher heran, Jon kniet mit dem Rücken zu mir. Ich atme nicht.

»Ich habe ihm etwas zur Beruhigung gegeben. Hilf mir, ihn auf die Liege zu tragen«, sagt Jon, ohne sich umzudrehen.

Ich nicke. Endlich hole ich Luft. Es fühlt sich an, als würde eine schwere Last von meinem Inneren fallen.

Dann hake ich meine Arme unter Melvins Schultern, sein Kopf hängt schlaff nach hinten hinunter.

Zusammen hieven wir ihn auf die Liege, legen ihn behutsam ab.

Dann stehen Jon und ich uns gegenüber.

»Was war das?«, frage ich.

»Ein Schlangenzahn. Schätzungsweise von einer Schlamm- oder einer Erdnatter. Spezies, die eigentlich kaum in Lavis anzutreffen sind. Dringt das Gift ins Blut, verteilt es sich in deinem ganzen Körper und erstickt dich von innen.« Jon starrt auf Melvins Gesicht.

»Wird er wieder gesund werden?«

»Er hatte Glück, ich konnte gerade noch rechtzeitig eingreifen. Er muss jetzt viel trinken, das Gift muss aus dem Körper gespült werden. Im Normalfall wird er wieder gesund.«

»Was bedeutet *im Normalfall*?«

»Es gibt immer Ausnahmen, das bedeutet es.« Jetzt dreht Jon den Kopf zu mir. »Warum wart ihr in der Krankenstation?«

»Lennart hatte sich verletzt.«

Er nickt langsam, dann geht er hinter sein Pult, um sich dort auf den Stuhl zu setzen.

»Jon«, sage ich ernst und mache einen Schritt auf ihn zu. »Jemand hat es auf dich abgesehen. Jetzt ist es eindeutig, schon der letzte Anschlag sollte eigentlich dir gelten.«

»Ich weiß«, sagt er trocken.

»Wir müssen etwas unternehmen.«

»Das werden wir.« Er rückt ein Fläschchen auf seinem Tisch zurecht, sodass das Schild mit der Aufschrift zu ihm zeigt.

»Du wirst noch heute Abend nach Akila aufbrechen«, sagt er, ohne die Finger von dem Fläschchen zu nehmen.

»Ich werde *was*?!«

»Ich schicke dich nach Akila. Estelle und Kyara begleiten dich. Der Wissensverwalter hat womöglich Informationen, die wir jetzt dringend brauchen. Wir dürfen keine Zeit mehr verlieren.«

»Jon, jemand will dich tot sehen.« Ich deute auf Melvin, dessen Gesicht noch immer leer und blass ist. »Ich meinte mit *etwas unternehmen*, dass du etwas gegen die Anschläge unternehmen sollst. Ich kann doch jetzt nicht einfach nach Akila abhauen. Der Angreifer kann genauso gut von hier kommen.«

»Natürlich reagiere ich auch auf die Anschläge.«

»Und wie?«

»Ich werde Sam als meine persönliche Leibwache einsetzen«, sagt er vollkommen ruhig.

Ich schüttle den Kopf. »Nein.« Ich schüttle wieder den Kopf, taumle einen Schritt zurück. »Sie ist selbst noch zu sehr angeschlagen, du kannst nicht ...«

»Merkst du nicht, wie dein Urteilsvermögen erneut getrübt wird, wenn es um Sam geht?«, unterbricht er mich scharf.

»Es ist nur ...«, stammle ich.

»Was?« Er reißt die Augen weit auf. »Sie ist meine beste Kämpferin. Willst du mir etwa sagen, dass es dann nicht sinnvoll ist, sie einzusetzen? Solange ihr Arm nicht vollständig verheilt ist, hält sie mit Liv zusammen Wache. Ich überlasse nichts dem Zufall. Aber das hat dich nicht zu interessieren. Die Mission in Akila ist von großer Wichtigkeit, und ich will, dass *du* dort hingehst.«

»Das weiß ich ja zu schätzen.« Ich seufze kraftlos, mir fehlen tatsächlich die Worte. Wie soll ich ihm widersprechen? *Wie?*

»Ihr werdet den Wissensverwalter Nileas besuchen. An ihn werden alle Informationen der Spione in Akila überliefert. Er weiß sicherlich mehr. Ein Phönix kann nur einmal in seinem Leben weinen. Uns war klar, dass die Tränen sehr seltene und wertvolle Artefakte sind, uns war nur nicht annähernd bewusst, *wie* entscheidend sie für uns sein könnten, deshalb haben wir nie verstärkt nach ihnen gesucht. Nileas soll nun alle Kräfte in Bewegung setzen, um eines der Artefakte ausfindig zu machen. Du musst wissen, dass die Tränen jetzt oberste Priorität sind.«

»Aber ...«, setze ich an, da schüttelt Jon den Kopf.

»Der König hat eine Träne in seinem Zepter. Wir müssen

ihm einen Schritt voraus sein, derzeit sind wir ihm einen Schritt hinterher. Ihr müsst unbedingt aufbrechen.«

»Der König hat eine Träne in seinem Zepter?«, wiederhole ich entrüstet. »Warum …«

»Ja, hat er«, sagt Jon. »Das ist mir seit Ewigkeiten bekannt. Mein Urahne hat es in den *Schriften der Asche* festgehalten. Ich wusste nur nicht, dass das Zepter einmal so eine Schlüsselrolle spielen wird.«

»Dann müssen wir es uns holen!«

Jon lacht freudlos auf. »Sei nicht albern, Noel. Das würde unsere ganze Taktik auf den Kopf stellen. Wir haben das Informationsnetz aufgebaut, weil wir aus den Fehlern der Vergangenheit gelernt haben. Nun können wir es nutzen und damit unser Ziel erreichen, ohne Favilla leichtsinnig in Gefahr zu bringen. Wir können nur Vermutungen darüber anstellen, weshalb Männer des Königs Akila durchstreifen. Vielleicht suchen sie bereits nach dem Thronfolger, vielleicht nach weiteren Tränen, damit niemand sonst den magischen Ort der Phönixe finden kann. Die Feuerwende rückt mit jedem Tag näher. Akila ist im Moment unsere erfolgversprechendste Option, siehst du das nicht?«

Ich beiße mir auf die Unterlippe, versuche nicht mal mehr, einen Einwand zu bringen. Diese Mission war für ihn von Anfang an beschlossene Sache.

»Und hab bitte ein Auge auf Estelle«, sagt er.

»Was? Wieso das denn?« Langsam komme ich nicht mehr hinterher.

»Ich misstraue ihr. Schon lange. Dieses Mädchen verbirgt irgendetwas. Aber weder Roland noch einer der anderen Lehrenden sind bislang dahintergekommen, was es ist. Ich will mir sicher sein, dass ich ihr trauen kann. Diese Mission wird zeigen, ob ich recht behalte.«

Doch nicht Estelle! Natürlich macht sie manchmal einen zerstreuten Eindruck. Aber sie hätte doch nie etwas Böses vor?

»Sollte sie sich gegen Favilla wenden, gehe ich davon aus, dass du und Kyara das Richtige tun werdet«, spricht Jon weiter mit schnarrender Stimme.

»In Ordnung«, sage ich, obwohl sich alles in mir sträubt, diesem Befehl Folge zu leisten. Mein Kopf rauscht von all den Geschehnissen. Ich kann doch nicht meine eigenen Freunde ausspionieren.

Ich starre auf die Tür der Krankenstation, und für einen Moment kommt es mir vor, als sei sie von oben bis unten durchzogen mit Rissen. Ich schüttele mich.

»Und Melvin?« Ich schaue noch mal zur Liege. Seine Augen sind geschlossen, die Gesichtshaut bleich und gespannt.

»Er ist bei mir in besten Händen«, sagt Jon ruhig.

Estelle sattelt die Pferde. Kyara kümmert sich um Proviant. Ich hole die Waffen.

Eine seltsame Aufbruchsstimmung macht sich in mir breit. Gleich werde ich irgendwo dort draußen unterwegs sein, fremden Menschen in einem ganz anderen Land begegnen, und doch ist mein Kopf hier, hier in den Gängen. Bei Jon und Melvin und Sam.

Ich reiße die Tür zur Waffenkammer in Ebene Drei auf und zucke zusammen. Emma steht mit dem Rücken zu mir.

Sie dreht sich um. »Noel«, sagt sie atemlos. Sie steht vor dem Fach mit den Armbrüsten. Eine hält sie in der Hand.

»Ich untersuche die Waffen«, sagt sie, ohne dass ich etwas gefragt habe. »Es wurde keine der Schusswaffen benutzt in den letzten Tagen.« Sie greift nach dem gefütterten Lederköcher mit den Bolzen, klappert diese mit den Fingern einzeln ab.

Ich schließe die Tür hinter mir, platze dann einfach mit meinem Gedanken heraus, warum, weiß ich nicht. »Ich habe kein gutes Gefühl dabei, jetzt einfach nach Akila aufzubrechen, nicht, wenn wir immer noch nicht wissen, ob jemand aus unseren eigenen Reihen hinter den Anschlägen steckt.«

Emma legt den Bolzenköcher sorgfältig wieder zurück auf seinen Platz. »Wir haben das hier unter Kontrolle. Ich suche nach allen Hinweisen auf die Angreifer, die ich finden kann.«

Hinweise? Wir suchen immer nur nach Hinweisen!

Meine Schultern sacken nach vorne, nachdenklich starre ich auf die Waffen. Alle Speere und Schwerter sind in einem Halbkreis an der Wand befestigt, zusammen ergeben sie die Form einer untergehenden Sonne. In den Kisten auf dem Boden sammeln sich die anderen Waffen, Schilde lehnen an der Wand, Rüstungsteile und Armbrüste füllen die Regale.

In einer hochkant eingelassenen Wandnische prangt Jons Rüstung. Sie ist so angebracht, dass man im ersten Moment denkt, dort würde jemand stehen. Ein stillschweigender Phantomwächter, der geduldig darauf wartet, in den Krieg zu ziehen.

In der Mitte des Raumes gibt es einen runden, etwa mannshohen Sockel, an dessen Rand für gewöhnlich die Spezialwaffen von uns neun Zirklern befestigt sind, die nach oben hin zu einer einzigen Spitze zusammenlaufen. Darüber prangt ein schwarzer gusseiserner Leuchter. Im Schein der Kerzen schimmert das Eisen der Waffen, als hätte es eben jemand frisch poliert. Als hätte niemals Blut daran geklebt.

Sams Schild und Schwert sind weg. Meine Kehle schnürt sich zu.

»Du bist so still«, sagt Emma.

Ich schaue ihr jetzt direkt ins Gesicht. Ihr graues kurzes Haar ist exakt geschnitten, die Züge sind unverändert hart.

»Ich mache mir nur Sorgen«, sage ich.

»Noel, ich habe ein sehr enges Vertrauensverhältnis zu Jon. Ich weiß, dass er hohe Ansprüche an dich stellt und dass seine Forderungen gewiss nicht immer einfach hinzunehmen sind. Aber er will nur das Beste für dich.« Irgendetwas in ihrem Gesicht kommt mir plötzlich weicher vor, nahezu fürsorglich wirken ihre graublauen Augen. »Es ist nur zu deinem eigenen Schutz.«

Sie weiß anscheinend Bescheid. Aber wie gut kennt sie mich denn schon?

»Wie lange dienst du Jon bereits?«, frage ich.

»Seit er Internatsleiter ist, stehe ich an seiner Seite«, antwortet Emma. »Ich habe lange genug gesehen, wie er Entscheidungen trifft, Zirkler ausbildet, das Informationsnetz immer weiter ausgebaut hat, um sagen zu können, dass all das einem höheren Zweck dient. Natürlich gab es auch für mich Momente, in denen ich nicht sofort alle seine Taten gutgeheißen habe. Aber rückblickend würde mir nicht eine einzige Situation einfallen, in der er falsch gehandelt hat oder von der ich nun sagen würde, ich hätte es besser machen können.« Sie kommt mir jetzt ein bisschen näher, streift im Vorbeigehen den Sockel mit der Hand. »Jon weiß, was er tut.«

Ich habe mich immer noch kein Stück gerührt, und es dauert eine ganze Weile, bis ich wieder etwas sage. »Danke, Emma.«

»Dafür nicht.« Sie schenkt mir ein kurzes Lächeln, dann greift sie gezielt nach meiner Axt und hält sie mir entgegen. »Viel Erfolg auf eurer Mission.«

6

Lavis. Wald.

Fahles Licht gräbt sich zwischen den Baumwipfeln zu uns durch. Das Morgengrauen ist in weiches Rot getaucht. Ich kann winzige Pollen in den Lichtschimmern wirbeln sehen, sie schweben wie unendlich kleine Lebewesen. Es ist, als bewegten wir uns durch eine Scheinwelt.

Wir sind direkt aufgebrochen, ich konnte mich nicht mal mehr von Sam verabschieden.

Die ganze Nacht haben wir im Sattel gesessen. Immer die Wildpfade in der Nähe des Waldrands entlang, das Hufgetrappel in den Ohren.

Wir haben versucht, die Lichtungen und Felder zu meiden, Sicherheitsabstand zu den Dörfern zu halten. Gleichzeitig haben wir aber auch darauf geachtet, die tieferen Stellen des Waldes auf keinen Fall zu betreten, davor hat Jon uns eindringlich gewarnt. Das tun nicht mal die Jäger.

Estelle wirkt gelöster, je weiter wir uns von Favilla entfernen. Keine Ahnung, ob es an der frischen Luft liegt, dem grauenden Morgen oder der Abwesenheit von Totenschädeln.

Ich hingegen fühle mich mit jeder Meile, die wir uns von

Favilla entfernen, schlechter. Als würde ich alle im Stich lassen, nicht nur Melvin und Sam, sogar Jon. Ja, so als würde ich sie alle einer Gefahr aussetzen, die nur darauf gewartet hat, zuzuschlagen, sobald ich den Friedhof durch das Flügeltor verlasse.

»Denkst du, man wird es uns anmerken, wenn wir lügen?«, fragt Estelle. Sie reitet auf Buntig, direkt hinter Kyara.

»Nein.« Kyaras Stimme klingt laut, und ich werfe einen Blick in das Dickicht aus Bäumen, die dort wie eingefrorene Männer stehen. Irgendwo in diesem Wald ist Lucas verschwunden. Ich schlucke, meine Kehle ist vom langen Reiten trocken.

»Zumindest euch beiden nicht. Echte Akilaner werden auffällig nervös, wenn sie lügen«, erklärt sie.

»Na, zum Glück warst du eine Weile in Favilla«, sage ich, aber keiner lacht.

Geistesabwesend streiche ich durch die dunkelrote Mähne von Ginger, kämme alle Haare auf eine Seite. Sie schnaubt.

Ich vermisse Sam jetzt schon. Ihr aus dem Weg zu gehen, zu wissen, dass ich ihr wehtun muss, hat mich zwar mehr als fertig gemacht, aber jetzt, hier … ich wäre nicht bei ihr, wenn irgendetwas passiert. Ich würde es nicht mal erfahren.

Als ich wieder aufschaue, merke ich, dass ich etwas zurückgefallen bin. Ich muss mich fokussieren, denn dann vergesse ich wenigstens kurz, an Sam zu denken.

Ich drücke die Fersen in Gingers Flanken, die sofort in einen leichten Trab fällt. Schon nach wenigen Momenten haben wir die anderen eingeholt.

»Diese Hütte des Wissensverwalters, liegt sie weit außerhalb der Städte?«, frage ich Kyara.

»Sie liegt im Grenzgebiet. Nicht mehr weit von hier.«

Ich nicke. Es ergibt Sinn: Nileas muss in der Nähe vom Treffpunkt im Wald leben, damit er flexibel ist.

Mir fällt die Karte ein, die Jon mir einmal gezeigt hat. Darauf hat er fein säuberlich die Standorte aller Mittelsmänner eingezeichnet.

Die Mittelsmänner tragen die Informationen der einzelnen Spione in Akila zusammen und bringen sie dann gesammelt zu Nileas. Er ist unser Auge und Ohr in Akila. Wenn jemand Informationen über die Phönixtränen finden kann, dann wohl wirklich er.

»Meine Mutter hat mich damals dorthin geschickt, als Männer des Brennenden Königs unsere Hütte gestürmt hatten. Auf dem ganzen Weg kam ich kaum durch Siedlungen«, spricht Kyara weiter und dreht kurz den Kopf zu mir um.

»Schade, dass wir nicht in die Städte können. Sie würden dir gefallen.« Sie malt mit der freien Hand einen großen Bogen in die Luft, Stolz spricht aus ihrer Stimme. »Riesige Paläste, belebte Märkte, Straßen voller Kutschen, Reisender, spielender Kinder und so viele Farben. Ihr werdet beeindruckt sein, mehr als diese farblosen Gewänder zu sehen. Wir haben vier Adlerstädte. Vis Kanyr, Vis Daroz, Vis Lon und Vis Nyvarka. Sie sind nach den vier Urvogelwesen unseres Landes benannt. Sie stehen für Ehrenhaftigkeit, Gerechtigkeit, Besonnenheit und Wahrhaftigkeit – die wichtigsten Werte, die die Akilaner vertreten. Es ist alles ganz anders als in Lavis, wisst ihr. Ihr schweigt über alles. Unsere Werte sind tief in uns verwurzelt. Sie gehen zurück auf die Entstehung des Landes.«

»Wie meinst du das?«, dränge ich und lenke Ginger nun neben Kyaras Schimmel. Unsere Beine berühren sich fast, weil der Weg so schmal ist.

»Die Akilaner glauben, dass es etwas gibt, das nicht sichtbar für uns ist und das zwischen uns liegt. Sie nennen es die *Adlerzeit*. Eine raumlose Welt. Nur durch sie kann man das Leben verstehen. In dieser Zeit ist alles entstanden: die Menschen, die Pflanzen, die Berge, die Flüsse, die Erde. Und alles, was im Jetzt passiert, führt auch dahin zurück, erweitert die *Adlerzeit*, füllt sie mit neuen Geschehnissen.«

»Was hat sie mit den Werten zu tun?«

»Nun ja. Nachdem die vier Uradler – die Mutter Nyvarka und ihre drei Söhne – sich auf die vier Hauptstädte verteilt hatten, war es ihnen trotzdem möglich, miteinander zu kommunizieren. Ihre Aufgabe war es, über die Bewohner ihrer jeweiligen Stadt zu wachen. Über jeden Menschen, jeden Baum, jeden Stein. Dies war gerade wegen der Distanz nur durch absolute Offenheit möglich. So ließen sie die jeweils anderen immer an ihren Plänen und den Vorgängen in ihren Gebieten teilhaben. Sie sind unsere großen Vorbilder. Wir wollen ehrenhaft, gerecht, wahrhaftig und besonnen sein, genau wie sie es waren.«

Kurz schweigt Kyara. Auch Estelle und ich sagen kein Wort. Nur das Knarzen der ledernen Sättel unter uns und das rhythmische Klopfen der Pferdehufe auf dem Waldboden sind zu hören.

»Die *Adlerzeit* lebt also in uns allen weiter«, fährt sie fort, »durch die vier Uradler konnte Akila so vielseitig werden, wie es heute ist. Nyvarka erzählte uns Geschichten, die uns zeigen sollten, was Ehrlichkeit bedeutet. Daroz erklärte uns die Ernte und wie wir zusammenarbeiten und unsere Erträge teilen sollen, nur das sei gerecht. Lon lehrte uns die Kunst der Ruhe, er brachte uns bei, selbst in den größten Stürmen des Lebens unsere Besonnenheit zu bewahren. Kanyr zeigte, dass die Natur, die Uradler und die Menschen eine Einheit bilden, die gemeinsam immer fortläuft, eine, die wir ehren sollen. Und es ist egal, wer – ob es die Siedler sind mit der dunkelbraunen Haut, die damals aus dem Süden mit Schiffen über das Meer kamen, oder ob es die Sklaven sind aus anderen Königreichen, sie alle stehen mit der *Adlerzeit* in Verbindung, sie gehören zu unserer Einheit.«

»Deine Familie … hattet ihr Sklaven?«, fragt Estelle.

»Nein, das konnten wir uns nicht leisten, aber ich habe viele von ihnen auf den Märkten getroffen. Ich schätze, ihr verurteilt das. Ich würde es verstehen. Doch die Sklaven in Akila werden gut behandelt, sie haben sogar Aufstiegschancen. Manche bringen es so weit, eigenständig Früchte oder Getreide auf den Märkten zu verkaufen. Andere, die sich sehr verdient gemacht haben, werden freigelassen und haben teilweise bessere Aufstiegschancen als ein gewöhnlicher Akilaner. Bevor ich nach Favilla kam, habe ich das nie infrage gestellt.«

Ich sehe gedankenverloren auf den Pfad vor uns, auf die Hufabdrücke, die Buntig schon darauf hinterlassen hat, streife über das abgescheuerte Leder an den Zügeln von Ginger.

»Wenn du sagst, dass die Königsadler sich selbst von unterschiedlichen Orten aus miteinander verständigen konnten, denkst du, das gilt für alle Vogelwesen?«, frage ich schließlich.

»Ich habe noch nie ein anderes Vogelwesen gesehen, aber ich könnte es mir vorstellen«, antwortet Kyara.

Sofort muss ich an die Greife der geheimen Bibliothek denken, sie haben uns in Ruhe gelassen, sobald sich Sam *einem* von ihnen gestellt hatte.

Falls es also irgendwo einen frei lebenden Phönix gibt, könnte man ihn dann ausfindig machen, wenn man eine Verbindung zu ihm aufbaut?

Und plötzlich wird mir ganz heiß. Da fügt sich soeben etwas zusammen. Ich erinnere mich an jeden Satz von Jon: *Schreie und Schatten.* Seine Worte waren kaum mehr als ein Flüstern. *Irgendetwas war in diesen Minen, als der Brennende König uns angegriffen hat. Irgendetwas, das sie zum Einsturz gebracht hat.*

Es müssen die Greife gewesen sein! Sie waren es, die damals das Versteck von Favilla zerstört haben. Wenn ich nur an die Wucht denke, mit der eine der Kreaturen das schwarze massive Eisen der Wendeltreppe nach innen gebogen hat!

Wieso bin ich nicht früher darauf gekommen? *Sie* sind die Geheimwaffe des Brennenden Königs. Bevor Sam und ich die Bibliothek gefunden hatten, wusste nur keiner von ihrer Existenz. Sie sind die einzigen Wesen, die zu so etwas fähig wären. Die Frage ist nur, wie der Brennende König es geschafft hat, sie zu bändigen.

»Leute, seht!« Estelle reißt mich schlagartig aus meinen Gedanken.

Vor uns tut sich eine weite Ebene auf. Nur noch vereinzelt säumen Bäume den Weg. Ich ziehe die Zügel an und steige ab, bin wie gebannt.

Noch nie habe ich so etwas sehen dürfen: Abertausende lila Blumen erstrecken sich in die Ferne. So muss das Meer aussehen, eine endlose Fläche, die sich wie eine Decke über die Erde legt.

Die Sonne steht inzwischen hoch am Himmel, grell und nahezu weiß hebt sie sich vom wolkenlosen Blau ab.

Estelle ist ebenfalls vom Pferd gesprungen und kniet sich jetzt in die farbige Decke. Sie pflückt eine der Blumen, um daran zu riechen. Dann dreht sie den Stängel einmal in den Fingern und hält ihre Nase gleich wieder ganz dicht daran.

Auch ich will es jetzt genauer wissen und pflücke eine der Blumen.

Der Stängel ist aufrecht und bis zur oberen Hälfte unverästelt, danach zweigen viele kleine, flaumige Knospen von ihm ab. Aus einigen der Knospen sind bereits die violetten Blüten hervorgebrochen, sie sehen aus wie winzige Herzen, die jemand in einem Kreis angeordnet hat.

»Lavendel«, sage ich. Ich erinnere mich an ein Bild aus dem Alchemieunterricht.

»In Akila verwendet man sie als Duftpflanze«, erklärt Kyara. »Sie hat eine beruhigende Wirkung.«

Ich laufe ein paar Schritte vor. Die Sonne strahlt mir warm ins Gesicht. Wie habe ich das vermisst!

Irgendwo hinter diesem Feld muss der Weg weiterführen. Es kann nicht mehr weit sein.

Und am liebsten würde ich jetzt loslaufen, die Arme ausbreiten und rennen, sodass die Luft in meine Lungen schneidet und der Wind in meinen Ohren pfeift. Einfach losrennen. Aber nicht, weil ich vor irgendetwas weglaufen möchte. Einfach nur, weil mich diese Weite fasziniert, wie ein ungelesenes Buch.

»Von hier aus können wir zu Fuß gehen. Lasst uns die Pferde in dem kleinen Waldstück da drüben anbinden, dort ist auch ein kleiner Tümpel. Falls hier doch jemand unterwegs ist, können wir uns ohne sie viel besser verbergen«, sagt Kyara.

Ich streichle Ginger über die warme Stirn. »Sie haben sich auch eine Pause verdient.«

Wir binden die drei mit den Zügeln an einem Baum fest. Ginger stupst mir zum Abschied einmal fest mit dem Maul gegen die Brust. *Kumpelklopf*, denke ich amüsiert.

»Du bist dir sicher, dass hier niemand entlangkommt?«, fragt Estelle und knotet den Beutel auf, den sie an den Sattel gebunden hat.

»Das ist unwahrscheinlich«, antwortet Kyara. »In dieser Gegend haben sich kaum irgendwelche Menschen niedergelassen, das ist Grenzgebiet.« Sie zeigt auf den Boden. »Aber passt dafür auf eure Füße auf, hier gibt es einige giftige Schlangenarten.«

Ich zögere einen Moment, bevor wir losgehen, mustere Kyara von der Seite. Ich weiß, dass Männer des Brennenden Königs ihre Eltern getötet haben. Es muss ihr sicher schwerfallen, dorthin zurückzukehren, wo sie alles an ihr altes Leben erinnert.

»Liegt dir irgendetwas auf der Zunge?«, fragt sie mich. Manchmal vergesse ich immer noch, dass sie einfach sagt, was sie denkt.

»Die Hütte … Akila, ich meine …«, stammle ich.

»Ich kenne mich am besten hier aus, es war klar, dass Jon mich mitschicken würde, aber ich komme schon zurecht.« Sie lächelt mir tapfer zu, doch ich würde sie trotzdem gerne drücken. Hat sie keine Angst vor der Sehnsucht? Vor aufkommenden allzu lebendigen Erinnerungen?

Ich weiß nicht, wie ich mich fühlen würde, wenn ich plötzlich in meinem alten Minendorf wäre. Zu Hause und doch nicht. Wahrscheinlich wie in ein fremdes Leben gesetzt.

7

Akila. Grenzgebiet.

Die Hütte steht in einer Senke, sie scheint dort unten halb aus dem Hang herauszuwachsen.

Kyara hatte recht. Es war nicht mehr weit. Nur noch etwa fünfhundert Schritte über die lila Felder und dann einen Sandweg an einigen Heideflächen entlang, bis sich die nächste weite Ebene vor uns auftat. Weizen, diesmal blicken wir auf ein Meer aus Weizen.

Das Holz der Hütte ist dunkel und morsch, die Bretter sind schief aneinandergenagelt. Sie sieht nicht so aus, als könne sie einem Sturm standhalten.

Das Dach ist von Stroh und anderem seltsamem Gewächs bedeckt, selbst Gras findet sich dort oben, es sieht aus wie eine kleine Wiese.

Träge schlägt die angelehnte Tür immer wieder gegen den Rahmen, der Wind hat ein wenig zugenommen. Wer lässt seine Hütte unverschlossen zurück?

»Sieht nicht so aus, als wäre jemand da«, flüstert Kyara.

Wir bleiben mit etwas Abstand vor der Tür stehen.

»Lasst uns vorsichtig nachschauen«, sage ich.

Kyara schleicht als Erste von der linken Seite an den Eingang heran. Sie stellt sich auf die Zehenspitzen, um durch den Schlitz zwischen zwei Brettern zu spähen. Geduckt gehe ich hinterher, lasse die Fenster dabei nicht aus den Augen.

»Siehst du etwas?«, flüstere ich.

Kyara und ich sind jetzt auf gleicher Höhe, je einer rechts und links vom Eingang, Estelle gibt uns mit etwas Abstand Rückendeckung.

»Nichts. Nur den erloschenen Kamin.« Kyara presst sich dichter an die Wand und geht weiter auf den Türspalt zu. Sie kneift die Augen zusammen, als sie einen Blick hineinwirft.

Ich will sie schon zurückziehen, weil ich mir vorstelle, wie dort jeden Moment eine Waffe herausschießen könnte, aber dann halte ich inne. *Werd nicht albern, Noel!*

Prüfend lege ich die Hand an meine Axt am Gürtel; zu wissen, dass sie da ist, gibt mir Sicherheit.

Ich überblicke noch mal die Umgebung. Weit und breit ist niemand zu sehen.

Kyara dreht sich vorsichtig zu uns und gibt ein schnelles Handzeichen. Wir sollen reingehen.

Ich umfasse den Griff der Axt.

Ziehe die Tür auf.

Ein widerwärtiger Geruch schlägt uns entgegen.

Kyara muss einmal aufstoßen und drückt sich schnell den Arm unter die Nase. Ich keuche auf, dann lege ich meinen Kopf schräg, um das Innere der Hütte zu erfassen.

Aber dort befindet sich kaum mehr als ein kleines Lager aus Fellen, frisches Feuerholz und ein Tisch mit Pergament und Schreibzeug. An eisernen Wandhaken auf der anderen Seite des Raumes hängen ein paar Kessel, die unten rußgeschwärzt sind. Der Wohnbereich ist schnell überblickt. Da ist kein Schrank, keine Nische, kein Abort.

Ich mache einen Schritt vor, die Dielen unter meinen Füßen knarzen wütend.

»Hallo«, sage ich.

Keine Antwort. Lediglich die Diele, die weiter knarzt, als ich mein Gewicht auf das vordere Bein verlagere. Staub wuselt wie winzig kleine Glitzersteine im Streifen aus Sonnenlicht, das durch die Bretterschlitze ins Innere fällt und ungleichmäßige Linien auf den Boden zeichnet.

Hier ist niemand.

Ich drehe mich zu den anderen um und winke sie herein.

Estelle verzieht das Gesicht wegen dem abartigen Geruch, dann zerrt sie ihr Leinenhemd bis unter die Augen, sie bleibt in der Mitte des Raumes stehen.

Was ist das für ein Gestank? Es riecht, als hätte hier jemand seine Vorräte vergammeln lassen. Ich rümpfe die Nase, versuche, möglichst flach zu atmen.

Vorsichtig gehe ich tiefer in den kleinen Raum. In einem Regal liegen ein paar Schälchen und Schriftrollen. Das müssen die Aufzeichnungen von Nileas sein. Ich steuere darauf zu, nehme eine von ihnen raus und rolle sie auf, aber das Pergament ist unbeschrieben.

»Denkt ihr, er ist noch in der Stadt?«, fragt Estelle.

Ich ziehe eine weitere Schriftrolle raus, auch sie ist blank.

»Aber wieso war die Tür dann offen?«, fragt Kyara.

Ich schüttele den Kopf, während ich unablässig den Raum absuche, jeden einzelnen Winkel. Auf dem Tisch kann ich den ringartigen Abdruck eines Bechers erkennen. Selbst auf ihm hat sich eine Staubschicht gebildet. »Ich glaube nicht, dass in den letzten Tagen jemand hier war.« Mein Blick wandert wieder zu den aufgestapelten Fellen, und dann kneife ich die Augen zusammen. Dunkle Flecken zeichnen sich auf dem Holzboden ab, scheinen unter den Tierhaaren hervorzukriechen. »Mist!«

»Was ist?«, fragt Estelle nervös und guckt sofort zur Tür.

Aber ich zeige mit dem Finger auf die Flecken. Sie wirken fast schwarz auf dem dunklen Boden, allerdings bin ich mir sicher, dass es sich um Blut handelt.

Estelle legt erschrocken eine Hand vor den Mund. »Du denkst doch nicht …«, beginnt sie.

»Das würde einiges erklären.« Entschlossen trete ich vor den Haufen Felle. Während ich nach dem obersten greife, zittere ich. Ich muss es nur nach unten ziehen, nicht lange überlegen, einfach tun.

Das raue Haar kitzelt mich an den Fingerkuppen. *Mach schon!*

Ich halte die Luft an, als ich das Fell wegschlage.

Ein Schwarm schwarzgrüner Fliegen summt mir entgegen. Und vor Schreck zieht sich alles in mir zusammen.

Wir haben Nileas gefunden.

Eine Stichwunde klafft in seiner Brust, getrocknetes Blut hat den Stoff darum rotbraun gefärbt.

Das Gesicht zeigt still zur Wand. Weiße Haut und ein schwarzer Bart, der sein Kinn umrahmt. Immerhin hat man ihm die Augen geschlossen.

Sein Gewand ist bunt, voll mit sich abwechselnden Mustern

und aufwendigen Stickereien, es passt so gar nicht in diese triste Hütte.

Ich presse meine Hände gegen die Oberschenkel. Nach der Zeit der Friedhofswachen hatte ich gehofft, so schnell keine Leiche mehr sehen zu müssen. Und er riecht penetranter als die Toten aus der Kutsche des Totengräbers, sehr viel intensiver. Wie lange er hier wohl schon liegt?

Ich werfe das Fell wieder über sein Gesicht. Ich will es gar nicht wissen, und ich will es auch nicht länger sehen müssen. Dann drehe ich mich zu den beiden Mädchen um. Sie haben sich nicht vom Fleck gerührt.

Kyara nimmt das Leinenhemd von der Nase. »Irgendjemand muss rausgefunden haben, dass er ein Spion ist. Wer weiß, welche Informationen er bei sich getragen hat.« Sie schluckt. »Er ist ganz bestimmt nicht ohne Grund ermordet worden.«

Mir ist ganz schwindlig. Namen unserer Spione, Kontaktmänner, unsere Kommunikationswege. Welche Informationen befinden sich jetzt in den Händen der falschen Leute? Wird sein Tod schwerwiegende Folgen haben? Sagte Jon nicht, dass Männer des Königs in Akila umherstreifen?

»Was jetzt?«, fragt Estelle. »Was machen wir jetzt?« Sie sucht in meinem Gesicht nach einer Antwort.

Wenn ich das wüsste.

Es könnte auch sein, dass sein Tod gar nichts mit Favilla zu tun hat.

Jedenfalls hat der Mörder offenbar keine Spuren hinterlassen. Wir wissen rein gar nichts.

»Die Mission scheint hiermit wohl beendet zu sein«, sage ich. »Aber wir können vor Einbruch der Dunkelheit nicht weg. Bei Tag ist die Gefahr zu groß, dass wir im Wald von Lavis auf Jäger oder Holzfäller treffen.«

»Und was machen wir so lange?«, fragt Estelle.

Das Surren der aufgeschreckten Fliegen liegt unruhig in der Luft.

»Wir werden ihn begraben«, sage ich nüchtern.

»Was?« Estelle wirft einen misstrauischen Blick zu den Fellen. »Wieso verschwinden wir nicht lieber sofort? Wer weiß, ob wir hier sicher sind.«

»Ich glaube nicht, dass so schnell jemand hierherkommen wird«, entgegne ich. »Wenn irgendwer hier etwas gesucht hat, hat er es längst gefunden. Die Schriftrollen dort in den Regalen sind allesamt unbeschrieben.«

»Wir sollten ihm die letzte Ehre erweisen«, sagt Kyara.

»Vermutlich ist es ohnehin besser für Favilla, wenn seine Leiche verschwindet. Nicht dass irgendein Akilaner auf die Idee kommt, der Sache auf den Grund zu gehen«, sage ich.

Der Gestank wird immer unerträglicher. Ich beobachte die Fliegen, wie sie nervös über die Felle krabbeln.

»Okay«, sage ich jetzt etwas lauter. »Kyara, wir tragen ihn nach draußen und buddeln ihn ein. Estelle, du suchst nach weiteren Hinweisen in der Hütte und wischst den Blutfleck, so gut es geht, vom Holz. Wir harren bis Sonnenuntergang hier aus. Jeder sollte noch mal ein bisschen Schlaf tanken, der Rückweg wird lang. Und zu Hause berichten wir Jon von allem.«

Nach kurzem Suchen haben wir eine Schaufel gefunden. Das Loch habe ich gerade tief genug gegraben, um Nileas verschwinden zu lassen.

Das Geräusch der Erde, die auf seinen Körper prasselt, das Bild, wie er Stück für Stück unter den dunklen Brocken verschwindet – es fühlt sich plötzlich an, als wolle jeder Schub Erde *mich* ersticken.

Wenigstens hat sich der Geruch etwas verflüchtigt. Um von der frisch aufgebuddelten Erde abzulenken, verteilen wir ein bisschen Gestrüpp auf dem Grab.

Zurück in der Hütte, pule ich die restliche Erde unter meinen Fingernägeln hervor, säubere mir einmal schnell die Hände mit ein bisschen Wasser aus dem Trinkschlauch.

Wir brauchen Kraft für den Heimweg. Kyara und Estelle versuchen als Erste zu schlafen, sie haben sich ans andere Ende der Hütte zurückgezogen, möglichst weit weg von dem Punkt, an dem die Leiche lag.

Estelle hat ein Feuer im Kamin entfacht, dort verbrennen wir die Felle. Kyara hat etwas von dem Lavendel geholt und mit in die Flammen geworfen, sodass der faulige Geruch nun beinahe vollständig verschwunden ist. Zusammen haben wir noch mal die Hütte durchforstet. Aber da war nichts, nicht ein einziger Hinweis, als hätte Nileas nie existiert.

Estelle gibt mir ein paar von ihren Wurzeln ab, bevor auch sie sich hinlegt. Sie hat keinen Bissen heruntergebracht.

Ich habe darauf bestanden, als Erster wach zu bleiben. Ich werde ohnehin kein Auge zubekommen, und ich will vorbereitet sein, wenn sich draußen irgendjemand herumtreibt. Also setze ich mich so hin, dass ich aus dem leicht geöffneten Türspalt hinausspähen kann.

Ausharren kann ich nicht gut. Dieses Warten, ohne irgendetwas unternehmen zu können, zerrt an meinen Nerven. Der

Vorstellung ausgeliefert zu sein, wie Sam wahrscheinlich in diesem Moment vor Jons Zelle steht – das Schwert griffbereit, sie als einziger Schild zwischen dem Angreifer und Jon. Was denkt sie wohl gerade?

Sie ist bestimmt sauer, weil ich mich nicht verabschiedet habe. Und verwirrt, weil ich so abweisend war. Natürlich ist sie das.

Es sollte jemand bei ihr sein, jemand, der sie hält, sie drückt, ihr zuhört. Jeden Stundenstrich lang, jeden Augenblick.

Ich will derjenige sein. Ich will morgens neben ihr aufwachen, ich will als Erstes ihre Stimme hören, wenn sie noch rau ist vom Schlaf.

Ich sehe zu dem Lager. Wo vorher Blut klebte, ist jetzt nur noch ein dunkler Abdruck zu erkennen. *Ich will einfach nur bei ihr sein.*

Estelle liegt mit dem Gesicht zur Wand, aber sie sieht nicht aus, als ob sie schlafen könnte, immer wieder bewegt sie sich, winkelt die Beine an, um sie kurz darauf wieder auszustrecken. Jetzt dreht sie sich in meine Richtung, sie hat die Augen geöffnet. Eine Weile sehen wir uns einfach nur an. Es hat etwas sehr Vertrautes. Vielleicht weil wir uns durch Sam verbunden fühlen. Weil wir ein Geheimnis teilen.

Schließlich steht sie auf und setzt sich neben mich.

Ihre Wimpern werfen fadenförmige Schatten auf ihr Gesicht. Die Wangen sind gerötet. Sie reibt sich die Stirn, beißt sich auf die Lippe.

»Willst du reden?« Ich lege den Kopf schräg und betrachte sie weiterhin eingehend.

»Ich weiß nicht«, murmelt sie, schlingt dabei die Arme um ihren Körper.

»Du musst nicht.«

Kurz sehen wir beide still in die Flammen, die von Orange nach oben hin zu Gelb werden und die Felle immer weiter auffressen.

»Hast du dich manchmal auch gefragt, was passiert wäre, wenn dich damals die echten verhüllten Männer von der Türschwelle abgeholt hätten?« Jetzt sieht sie mich direkt an. »Wie dein Leben dann aussehen würde? Ob du vielleicht sogar glücklicher wärst?«

Ich lasse mir Zeit mit meiner Antwort. Estelle wartet geduldig. »Ich war so überwältigt von dem ganzen Wissen und der Wahrheit, dass ich mir da noch nie Gedanken drüber gemacht habe.«

»Ich dachte nur daran, weil Kyara erzählt hat, dass es manchen Sklaven in Akila sogar sehr gut geht.«

»Vielleicht. Aber dann hätte ich euch wohl nie kennengelernt.« Ich lächle schwach.

»Du machst dir Sorgen um Sam, oder?«

»Ich vermisse sie«, sage ich und schlucke. »Ich wusste gar nicht, *wie* schlimm das sein würde.«

»Mmh«, sagt sie und legt abwesend eine Hand an meinen Oberarm.

»Ich liebe auch jemanden, weißt du.« Ihr Blick hängt jetzt versunken in den Flammen. »Ich vermisse ihn, seit sie ihn geholt haben. Ich habe das nie jemandem außer Sam erzählt, aber ich habe mich damals freiwillig auf die Türschwelle gesetzt. Ich dachte, die verhüllten Männer würden mich dahin bringen, wo sie ihn bei seiner Abholung hingebracht haben …« Sie schnappt kurz nach Luft. »Aber jetzt sitze ich hier.«

Ich verstehe. Etwas an ihren Worten macht mich plötzlich völlig fertig. Es frisst sich genau in die Stelle in meinem Herz, die seit Tagen schon wehtut.

Nun ziehe ich Estelle einfach zu mir und nehme sie ganz fest in den Arm, es dauert kurz, aber dann gräbt auch sie ihre Finger in mein Leinenhemd und lässt es zu.

»Es tut mir leid, Estelle.«

»Schon okay«, murmelt sie in mein Hemd, und ihre Stimme klingt zerbrechlich. »Du kannst ja nichts dafür.«

Ich nicht, denke ich. *Aber es gibt jemanden da draußen, der es kann.*

Nach einer Weile löst sie sich wieder von mir und wischt mit dem Zipfel ihres Hemdes unter den Augen entlang. Neben uns knackt es laut, und ein paar Funken fliegen aus dem Kamin in unsere Richtung, sie zieht den Kopf ein.

Ich misstraue ihr, hat Jon gesagt. Aber wenn ich Estelle so betrachte, kann ich mir nicht im Geringsten vorstellen, dass sie irgendetwas Böses vorhaben könnte. Sie fühlt sich einsam, das ist alles.

Auch wenn ich es nicht laut aussprechen würde, für einen kurzen Augenblick hasse ich Jon für das, was er uns antut.

In der Abenddämmerung brechen wir auf, wir laufen zügig. Zwar habe ich es eilig, wieder nach Favilla zu kommen, aber gleichzeitig frage ich mich, wie Jon wohl reagieren wird.

Er wird sich sicher nicht freuen über das, was wir zu berichten haben. Wir sind völlig umsonst losgeritten, alles, was wir mitbringen, sind schlechte Nachrichten ohne neue Anhaltspunkte.

Und wir schenken dem Brennenden König kostbare Zeit. Zeit, in der er seinen Zielen näher kommt – was auch immer diese gerade wirklich sein mögen. Aber es ist auch Zeit, in der der Angreifer schon ein nächstes Attentat auf Jon verüben kann.

Die Sonne steht tief hinter den Feldern wie ein riesiger roter Ball, der die Wolken verfärbt. Ich fühle mich kein bisschen ausgeruht, aber immerhin habe ich etwas im Magen.

Wir laufen ein paar Trampelpfade entlang, der Boden unter unseren Füßen ist trocken, unzählige kleine Risse ziehen sich über die Erde wie auf einem alten Gemälde.

Kyara führt uns über weniger offene Wege zurück. Die Bäume werden in diese Richtung etwas dichter, die Felder hügeliger. Leuchtend blaue Kornblumen säumen die Wege dort, wo die Weizenfelder beginnen, bilden eine kleine Allee.

Das ist zwar ein kleiner Umweg, aber so verlassen kann es hier offenbar doch nicht sein – seit dem Auffinden des toten Wissensverwalters wächst mein Unbehagen mit jedem Schritt.

Wir kommen an einem Bach vorbei, hinter dem ein Stück Wiese etwas steiler abfällt. Ein paar letzte Sonnenstrahlen verteilen Funkelflecken auf der plätschernden Wasseroberfläche.

Plötzlich bleibe ich wie angewurzelt stehen.

Von hier kann man weit über die Landschaft blicken – über eine Stadt in der Ferne, die sich in einer lang gezogenen Ebene erstreckt.

Ich wusste aus unseren Unterrichtseinheiten, dass die Welt sehr vielfältig ist, dass ich nicht einmal einen Bruchteil davon gesehen habe, aber nie hätte ich mir vorstellen können, *wie* viel sie bereithält.

»Ist das …?«, frage ich, kann aber nicht weitersprechen. Erst muss ich all das aufsaugen, was ich sehe: Riesige Gebäude und bunte Kuppeln ragen in den Himmel, Tausende, so viele, wie ich noch nie gesehen habe.

Während die Fassaden der Gebäude an die graue Königsburg in Lavis erinnern, konzentriert und solide aussehen, sind in die Dächer farbige Muster eingearbeitet. Manche sehen aus wie riesige gezwirbelte Tropfen, sie sind golden veredelt und glänzen in der untergehenden Sonne.

»Das ist Vis Daroz, die westliche Hauptstadt von Akila«, sagt Kyara jetzt hinter mir. Einen Moment lang hatte ich wirklich vergessen, dass die beiden anderen noch da sind.

Vor den dichten Gebäudeansammlungen verläuft ein Fluss, der sich in zwei breite Arme aufspaltet, ehe er wieder zusammenfließt. Auf der Fläche, die er einschließt und die eine Art Insel bildet, scheint sich wohl der Markt zu befinden. Von den Stadtmauern aus ragen Brücken wie lange Finger über den Fluss auf den großen Platz hinüber.

Breite, befestigte Wege führen vom Markt weg in alle Himmelsrichtungen, und auf diesen Handelswegen ziehen lange Karawanen als dunkle Silhouetten in der Abendsonne entlang.

»In Vis Daroz wird der größte Markt von ganz Tyrganon abgehalten«, spricht Kyara weiter. »Händler aus allen Ländern kommen dort zusammen. Von Waffen und Stoffen über Gewürze bis zu Sklaven wird dort alles verkauft.«

»Du meinst, das ist nur eine von vier großen Städten?«, fragt Estelle erschrocken.

»Ja.« Kyara klingt belustigt. »Vis Nyvarka, die Königsstadt

am Meer, ist sogar noch viel größer. Du kannst dir nicht vorstellen, wie riesig Akila ist. Lavis ist nichts dagegen.«

»Was hat es mit diesen Dächern auf sich?«, frage ich.

»Wir bauen sie zu Ehren der Königsadler – sie sollen ihnen unseren Respekt zeigen. Das prachtvolle Mosaik aus Dächern ist das Bild, das sie sehen, wenn sie über unseren Städten kreisen. Jeder Städter, der etwas auf sich hält, hat ein besonders ausgearbeitetes Dach.«

Ich möchte mir alles einprägen: die Farbenpracht, die verschiedenen Gerüche und Muster. Ich wünschte, Sam könnte das mit mir sehen. Jede Einzelheit davon will ich ihr berichten.

Ich lege den Kopf in den Nacken, sehe in den Himmel. Die Greife waren so mächtig, so … ich weiß nicht … Ehrfurcht gebietend. Wie muss es sein, wenn einer der Königsadler dort oben über der Dächerpracht seine Kreise zieht?

Ich versuche es mir vorzustellen: wie er mit eleganten Schlägen der langen Flügel durch die Wolken bricht und …

Plötzlich zerrt Kyara mich am Hemd zurück. »Oh nein!«, flüstert sie aufgeregt und deutet nach rechts. »Sklaventreiber!«

8

Akila. Grenzgebiet.

In etwa zweihundert Schritten Entfernung bewegt sich der Fackelzug. Eine Schlange mit brennendem Rückenmuster. Der Trupp wird von Männern in dunklen Gewändern angeführt, einige von ihnen halten Waffen in den Händen.

Zwischen den Fackelträgern schlurfen die Sklaven, ihre Hände sind vor dem Körper zusammengebunden, die meisten haben die Köpfe gesenkt. Sie ziehen einen Fuß mühsam hinter dem anderen her, als würden sie schon seit Tagen laufen, als könnte keiner mehr die Kraft aufbringen, Widerstand zu leisten.

Ich höre raue Stimmen, scharfe Befehle, die jemand nach hinten bellt. Sie werden lauter mit jedem Augenblick, der verstreicht. Die Sklaventreiber kommen näher.

Wir müssen sofort hier weg!

Kyara und ich schauen hektisch umher, Estelle fixiert immer noch den Trupp.

Von hier aus ist das Land noch immer viel zu gut zu überblicken. Die flachen Felder bieten zu wenig Schutz, und bis zur nächsten Hügelkuppe kommen wir nicht rechtzeitig.

Aber etwas weiter unten fließt der Bach, dort wachsen wenigstens ein paar höhere Sträucher in der Ufergegend, die uns Schutz bieten könnten.

»Kommt, da runter«, flüstere ich und pirsche los, die anderen beiden folgen mir.

Am Bach angekommen, zögere ich keinen Moment, mache den ersten Schritt ins kalte Wasser. Eisig umschlingt es mein Bein bis zur Mitte der Wade, die Stimmen der Sklaventreiber nähern sich, Wortfetzen dringen zu uns herüber: »… schneller« … »warte nur …« Mit einem nächsten Schritt steige ich auf einen Stein, der zur Hälfte aus dem Wasser ragt. Er fühlt sich glitschig an, aber ich kann irgendwie ausbalancieren, und mit einem letzten Sprung bin ich auf der anderen Seite. Kyara ist nur wenige Augenblicke später neben mir.

»Estelle, worauf wartest du, komm schon!«, rufe ich leise auf die andere Seite.

Sie hat den Blick hügelaufwärts gerichtet, wo die Fackeln der Sklaventreiber in der Dämmerung flimmern. Dann erst dreht sie sich um, wischt sich zerstreut eine Haarsträhne aus dem Gesicht.

Vorsichtig steigt sie ins Wasser. Ein Fehler, und sie entdecken uns. *Schneller, Estelle!*

Jetzt ist sie bei uns. Ich reiche ihr die Hand, damit sie nicht ausrutscht und das andere Bein nachziehen kann. Dann verschwinden wir schnell hinter dem Gebüsch. Der nasse Hosensaum haftet kalt an meinen Knöcheln. *Ob sie uns gesehen haben?*

Die Äste sind nicht dicht bewachsen, die Knospen daran alle noch verschlossen. Ich spähe zwischen den Sträuchern hervor. Die Sklaventreiber haben genau auf unserer Höhe haltgemacht, nur etwas weiter oben auf der Wiese. Es trennen uns vielleicht zwei Dutzend Schritte, das kann nicht gut gehen.

Wenn sie nur etwas weiter in unsere Richtung marschieren, entdecken sie uns, da werden uns weder Abenddämmerung noch Gebüsch helfen.

Einer der Sklaventreiber hat sich vor den Trupp gestellt und gibt Anweisungen, zeigt mit dem Finger auf die Sklaven, die nur zögerlich die Köpfe heben.

Ich lausche. Der Bach plätschert, die Wörter sind nicht herauszufiltern.

Wir brauchen ein anderes Versteck!

Plötzlich höre ich ein Räuspern hinter uns. Ein Ruck geht durch meinen Körper. *Das war's*, denke ich, als ich herumfahre.

Aber dort steht eine Frau. Sie trägt ein buntes Gewand, um das eine gelbe Schärpe geschlungen ist, ähnlich wie der Wissensverwalter. Doch anders als bei ihm spannt das Gewand der Frau um ihre breite Körpermitte: Von Knopf zu Knopf biegt sich der Stoff nach außen und lässt ovale Flächen frei, durch die ein weißes Unterkleid hindurchblitzt.

In der einen Hand trägt sie einen Eimer, mit der anderen winkt sie uns zu sich, die langen, herunterhängenden Ärmel ihres Gewands schaukeln dabei vor und zurück.

»Nachts kommen sie aus ihren Löchern«, raunt sie uns zu. Ihre Stimme ist ähnlich tief wie die von Kyara. »Die Gegend hier ist nicht mehr so sicher wie früher.« Sie kommt jetzt ein bisschen näher an uns ran, Wasser schwappt aus ihrem Eimer, sie muss ihn wohl gerade am Bach aufgefüllt haben.

»Ich schätze, heute sind ein paar Sklaven entlaufen, jedenfalls suchen die hier schon seit Stunden alles ab. Ich habe einen Gutshof, gleich dort hinten, ihr solltet lieber mit mir kommen, bei mir suchen die nicht. Die wissen, dass mit mir nicht zu spaßen ist.« Sie schielt einmal zu mir herüber, ihre Augen sind klein, sie sehen zwischen den vollen Backen irgendwie zusammengequetscht aus.

Akilaner lügen nicht. Ich atme tief ein, auf der anderen Seite des Baches, bei den Sklavenhändlern, sind neue Bewegungen auszumachen. Was bleibt uns anderes übrig?

Ich sehe zu Estelle und Kyara, sie nicken, wir sind uns einig. Aber glücklich scheint keiner von uns damit, wir können uns keine Verzögerungen leisten.

Geduckt schleichen wir der Frau hinterher. Sie hält den Eimer mit beiden Händen an ihren Bauch gepresst, damit sie schneller vorankommt. Ich höre das Wasser darin hin und her schwappen.

Es geht ein kleines Stück über die Wiese, dann nimmt sie eine Abkürzung und führt uns durch hohes Gestrüpp. Sträucher kitzeln meine Waden.

Nun fällt der Weg etwas ab. Schon von Weitem kann ich ein Holzgatter sehen. Es ragt fast halb so weit in die Höhe wie der Giebel des Gutshauses dahinter, der zur Seite hin von Efeu bewachsen ist.

Ich schaue noch mal zurück. Die Sklaventreiber schwärmen nun aus. Teilen sie sich etwa auf? *Folgen sie uns?*

»Das Tor«, sagt die Frau, als uns nur noch wenige Schritte vom Gutshof trennen.

Sie hat beide Hände voll, also schiebe ich den Riegel am Eingang zurück. Nacheinander schleichen wir in den Hof.

Ich blicke ein letztes Mal zu den Fackellichtern, dann schließe ich hastig das Tor. Kaum ist es hinter uns zugefallen, pressen wir uns zu viert mit dem Rücken an das Gatter. Unser Atem geht schwer, allen voran der der fremden Frau.

Der Boden hier ist eine Mischung aus Kies, zertretenem Stroh und Sand. Ein paar Ziegen laufen aufgeregt im Vorhof herum.

Jetzt lässt die fremde Frau den Eimer plumpsen, ein bisschen Wasser schwappt über und malt dunkle Flecken auf den hellen Sand. Ihre Schuhe haben ebenfalls ein paar Tropfen abbekommen. Sie sind aus irgendeinem hellen Leder gearbeitet, das ich vorher noch nie gesehen habe, und laufen nach vorne spitz zu.

»Immer diese Jagd nach den Sklaven.« Die Frau schüttelt den Kopf. Ihre fettigen braunen Haare sind nach hinten gekämmt und bilden einen Kontrast zu ihrer hellen Haut. »Aber mit mir legen sie sich nicht an. Die wissen, dass sie das lieber bleiben lassen sollten.«

Von uns wagt immer noch keiner zu sprechen, obwohl unser Atem sich mittlerweile beruhigt hat. Das aufgeregte Tappen der Ziegen dringt zu uns rüber. Der weiße Ziegenbock reckt seinen Kopf neugierig in unsere Richtung. Seine Hörner ragen wie zwei gewaltige Vogelkrallen aus dem Hinterkopf.

Die Fremde räuspert sich, dann stellt sie sich vor uns und krempelt ihre Ärmel nach oben. Für eine Frau hat sie sehr haarige und kräftige Unterarme. »Ich habe mich gar nicht vorgestellt.« Sie verbeugt sich einmal vor uns. »Mein Name ist Addum Enied.«

Ich erwidere die Verbeugung etwas hektisch. Auch wenn sie

sich ihrer Sache sicher ist, heißt das nicht unbedingt, dass wir die Sklaventreiber wirklich abgehängt haben.

Wir nennen ihr unsere Namen. Sie runzelt die Stirn. Sie müssen sehr ungewöhnlich für sie klingen, aber erst mal stellt sie keine Fragen, und ich lockere meine angespannten Schultern.

»In Akila schätzt man Gastfreundschaft sehr«, sagt Addum. »Ich würde mich freuen, wenn ihr für ein kleines Mahl meine Gäste seid.«

Estelle und ich sehen beide abwartend in Kyaras Richtung. Eine der Ziegen meckert laut vor uns auf.

»Wir wären sehr gerne deine Gäste«, sagt Kyara schließlich.

»Schön.« Addum klatscht einmal freudig die Hände zusammen und grinst. Ihr rechter oberer Eckzahn ist von Gold überzogen.

Sie bedeutet uns, voranzugehen.

Ich weiche ein paar Ziegen aus, werfe noch mal einen Blick zum Tor. Bis jetzt hat sich keine Fackel dem Gehöft genähert. Mit Addum scheint also wirklich nicht zu scherzen zu sein.

Ihr Haus würde mit Sicherheit Platz für drei Minenarbeiterfamilien bieten. Die weiße Fassade ist zum Teil abgeblättert, graue Flächen schauen darunter hervor. Das Dach wiederum ist aus Holz, selbst hier sind hübsche Schnitzereien eingearbeitet.

»Ställe?«, fragt Kyara und zeigt auf das hölzerne Gebäude neben dem Haus. Ein bisschen gleicht es einem riesigen, lang gezogenen Schuppen. Vorne am Eingang stützen zwei Holzbalken ein Vordach, sie bestehen aus hellerem Holz als der Rest des Gebäudes. Vermutlich sind die alten mal irgendwann eingestürzt und mussten durch neue ersetzt werden.

Addum nickt, was etwas merkwürdig wirkt, weil ihr Hals

aussieht, als würde sie einen dicken Schal aus weiterer Haut tragen. »Ich besitze um die fünfzig Ziegen. Von irgendetwas muss man hier draußen ja schließlich leben.«

Als wir durch die Tür des Haupthauses treten, kommt uns ein Schwall von tausend Gerüchen entgegen. Es riecht würzig, vielleicht auch etwas süßlich, jedenfalls sind einige dabei, die ich zuvor noch nie gerochen habe.

Wir stehen in einer Art Wohnraum. Deckchen liegen auf einem langen Holztisch ausgebreitet. An den Wänden hängen gewebte Teppiche, und auch auf dem glatten Steinboden gibt es kaum einen Flecken, der nicht von Teppichen bedeckt ist. Überall sind diese aufwendigen Muster in verschiedenen Farben. Ich versuche, ein paar vertraute Symbole darin zu entdecken, irgendwelche Bilder, aber da umlaufen sich nur Linien, Ranken, Schnörkel und Formen.

»Tilo!«, schreit Addum jetzt ganz laut, sodass Estelle ein Stück dichter an mich heranrückt. Wir sehen uns verwirrt an. Kyaras Blick wandert immer noch neugierig durch den Raum.

Auf den Regalen reihen sich Tontöpfe, Lederbeutel und Schüsseln, manche voll mit Grünzeug, andere mit irgendwelchen Körnern. Vermutlich kommen daher einige der vielen Düfte. An der Wand stapeln sich bestimmt zwanzig Körbe. Was will man darin denn alles aufbewahren?

»*Tilo!*«, schreit Addum jetzt erneut, diesmal noch harscher, dabei stützt sie die Hände in die Hüften.

Eine Art Vorhang trennt unseren Raum von einem anderen. Durch ihn kommen jetzt ein Mann, ein Junge und ein Mädchen, auch sie tragen diese bunten Gewänder mit Schärpe, jedoch ohne die ewig weiten Ärmel.

Addums Stimme nimmt wieder einen freundlicheren Klang an, als sie sich an uns wendet. »Das sind mein Mann Tilo und meine zwei Kinder, Tuan und Aziz.«

Die drei scheinen wenig beeindruckt von dem unverhofften Besuch zu sein. Tuan, der wohl etwa zwölf Jahresumläufe hinter sich hat, schaut uns nicht mal in die Augen. Aziz, ich nehme an, die ältere Schwester, und Tilo begrüßen uns mit einer knappen Verneigung.

Addum zeigt auf die Stühle. »Setzt euch.«

Tuan nimmt als Erster Platz. Wir anderen folgen zögerlich. Mein rechter Schuh quietscht, immer noch presst sich Wasser heraus. Wir hinterlassen nasse Fußspuren auf ihren Teppichen. Danach wird es seltsam still, und nur noch das Rücken der Stuhlbeine ist zu hören.

»Ich mache euch schnell etwas.« Addum verschwindet hinter dem Tuch, während uns ihr Mann und die zwei Kinder am Tisch gegenübersitzen. Sie sehen ebenfalls wohlgenährt aus, wenn auch nicht ganz so füllig wie Addum, und sitzen uns so stumm und unbeweglich gegenüber, dass ich mich beherrschen muss, um nicht laut irgendetwas Belangloses zu erzählen.

Kurz will ich mich zu Estelle und Kyara hinüberbeugen, aber wir können unsere zurechtgelegte Lügengeschichte, dass wir Botschafter aus Noctuán sind, nicht noch mal durchsprechen. Vor allem Kyara könnte Probleme damit haben, sie überzeugend zu erzählen. Einzelheiten werden wir einfach improvisieren müssen.

Stattdessen schaue ich also zwischen den hohen Kerzenständern hindurch in die ausdruckslosen Gesichter von Addums Familie. Tuan beginnt, mit den Fingern am Wachs herumzuspielen. Er tunkt die Fingerkuppe immer wieder in die heiße Flüssigkeit, wartet, bis die kleine Schicht getrocknet ist, um sie wieder abzuziehen und zwischen den Fingern zu zerquetschen.

Endlich kommt Addum mit ein paar Bechern zurück.

»Pfefferminztee«, sagt sie und stellt jedem von uns einen vor die Nase. »Verbrennt euch die Zunge nicht, könnte noch etwas heiß sein.«

»Danke.« Ich lege die Finger um den Tonbecher und puste daran. Aber lange kann ich nicht warten, ich habe seit unserer Flucht einen so trockenen Hals, dass ich das Getränk am liebsten in einem Zug hinunterstürzen würde.

Vorsichtig nehme ich ein paar erste Schlucke. Es tut gut, den Rachen mal mit etwas Geschmackvollerem als Wasser zu befeuchten. Ich proste den anderen zu.

Sie lächeln, spielen mit.

Und wenn ich nur an ein warmes Essen denke, an etwas anderes als die Höhlenkäfer, Pilze oder Wurzeln, dann läuft mir bereits das Wasser im Mund zusammen.

Addum lässt sich in ihren Stuhl sinken und lehnt sich weit zu uns vor, dabei drückt ihr Bauch gegen die Tischkante.

»Das Fleisch ist gleich durch«, sagt sie fürsorglich. Ihr Stuhl knarzt, als sie nach einer bequemen Haltung sucht. Ich versuche währenddessen, alle Einzelheiten zu erfassen: die Lederkette mit der Feder daran, die auf Addums Dekolleté liegt, die gelbe Schärpe, die hier alle um den Oberkörper tragen, die Holzringe, die Addums dicke Finger umschließen. Ich will mich an alles erinnern, um Kyara später nach der Bedeutung zu fragen.

»Diese ständigen politischen Unruhen im Land«, sagt

Addum und verzieht das Gesicht. »Deswegen kümmert sich niemand mehr um das Gesocks in den Grenzgebieten, so ist das. Jemand sollte dem Ganzen ein Ende bereiten. Wir sind entschiedene Gegner der Sklaventreiber, hab ich recht, Tilo?«

Tilo nickt.

»Es wäre nicht das erste Mal in diesem Monat, dass sie an der Tür klopfen«, spricht Addum weiter. »Der Rat der Adler soll wohl erst kürzlich wieder der Krone seine Unterstützung zugesichert haben. Und solange König und Adlerreiter an einem Strang ziehen, haben die Gegner der Sklaverei nicht die leiseste Chance, so ist das. Manchmal denke ich, eher schlüpft ein Huhn aus einem Adlerei, als dass der Menschenhandel in Akila aufhört.« Sie streicht mit den Händen das Deckchen glatt. »Hab ich recht, Tilo?«

Tilo nickt.

»Nun, ich sollte mich eigentlich nicht beschweren, ich habe selbst als Sklavin begonnen, wurde als junges Mädchen in Noctuán aufgegriffen und hierhergebracht. Habe gute Arbeit geleistet, sehr gute Arbeit. Man muss ein Händchen fürs Verhandeln haben in Akila, das können nicht viele, wisst ihr.« Sie spricht die Wörter irgendwie sehr *hart* aus. Anders als Kyara. Wahrscheinlich redet man in Noctuán so, und man hört es ihr immer noch an, obwohl sie schon so lange in Akila lebt.

»Was treibt euch denn eigentlich in eine Gegend wie diese? Ihr seid noch jung, solltet ihr nicht irgendwo auf den Märkten herumspringen?« Sie betrachtet uns einzeln, mir fällt der leichte, dunkle Haarflaum über ihrer Oberlippe auf.

»Ähm …«, stammelt Kyara.

Mir steigt schlagartig das Blut in den Kopf. Ich öffne den

Mund, aber da steht Addum urplötzlich auf, sie streckt den Zeigefinger in die Luft. »Das Fleisch!«, sagt sie aufgeregt.

Ich atme erleichtert aus.

»Wir wollen ja nicht, dass es verbrennt. Nachher verkauft ihr mich noch in die Sklaverei«, sagt sie und lässt einen schallenden Lacher los, dann huscht sie mit kleinen Schritten zwischen den Tüchern durch in den Kochbereich zurück.

Ich nehme nochmals einen Schluck von dem Tee. Er beruhigt mich irgendwie.

Addum wird uns sicher nicht ins Kreuzverhör nehmen, ich stelle ihr am besten direkt eine Frage und lasse sie erzählen. Sie redet gerne, das könnte uns retten.

Ich nehme einen weiteren Schluck, da trifft mein Blick auf den von Tilo. Seine Lippen sind dünn, als würden sie nach innen einfallen.

Keiner von den dreien hat auch nur einen Laut von sich gegeben, seit wir hier sind. Ob das wohl jeden Abend so geht?

Ich stelle den Krug langsam ab, wende mich jetzt schnell wieder meinen Begleiterinnen zu. Kyaras Wangen sind leicht gerötet, auch ihre Augen sehen ein wenig glasig aus. Ist alles in Ordnung mit ihr?

Estelle schenkt mir ein kurzes, aufgesetztes Lächeln. Eines, das aber eigentlich so viel sagen will wie: *Findest du diese Situation gerade auch so merkwürdig?*

Addum kommt mit einem ersten vollen Teller zurück. Das Essen ist so frisch und heiß, dass es eine flüchtige Dampfspur hinter sich herzieht.

Sie stellt den Teller vor mir ab. Es duftet unglaublich, es sieht unglaublich aus. Ich bin auf einmal richtig glücklich, kann es kaum erwarten, in das saftige Fleisch zu beißen, von den gelben – wie sagt man? – *Kartoffeln* zu kosten. Und irgendein grünes Gemüse liegt auch noch daneben. Es sieht richtig knackig aus, vielleicht hat es eine besondere Füllung?

Aber irgendwie … ich halte inne.

Ich drehe mich noch mal zu Estelle und Kyara. *Merken sie es auch?*

Und bevor mich dieses wohlige Gefühl ganz einlullt, das mich fürchten lässt, gleich mit dem Kopf auf den Teller zu kippen, sehe ich, wie Kyara gähnt und Estelle sich müde die Stirn reibt.

Ich werfe einen alarmierten Blick in den Teekrug, betrachte die leicht grünliche Färbung.

»Stimmt irgendetwas mit dem Essen nicht?« Addum legt mir von hinten eine Hand auf die Schulter, massiert sie grob. Ihre Stimme dringt wie durch Nebelschwaden zu mir hindurch.

Mit dem Essen vielleicht schon, aber mit dem Tee nicht.

Nicht trinken, will ich den anderen sagen, aber ich bin zu müde, um überhaupt zu sprechen, und warum wabern sie eigentlich so seltsam vor meinen Augen? *Nein.* Ich will aufstehen. Ich …

9

Akila. Addums Gutshof. Ställe.

Überall pikst es. Ich kann mich nicht bewegen. Tausend Nadeln, überall, sie stechen in meine Haut, schieben sich in mein Fleisch. Und dieser Geruch! Es riecht streng. Unter mir raschelt es laut. Ich reiße die Augen auf.

Es ist Stroh. Es ist lediglich Stroh. Ich drehe den Kopf, zuerst sehe ich verschwommen, irgendwie milchig, dann erkenne ich langsam etwas.

Ein Junge mit dunkler Haut schaut mich an. Seine Augen sind von kernigem Braun, fast schwarz, die Lippen sehr voll.

»Ihr seid ihr in die Falle gelaufen«, sagt er, seine Stimme hat einen sehr tiefen, aber klaren Klang.

Ich richte mich eilig auf, aber irgendetwas hält mich am Arm zurück.

Jetzt sehe ich es. Mein rechtes Handgelenk wird von einer dicken, eisernen Fessel umschlossen, sie ist mit einer Kette verbunden, die unter dem Stroh verschwindet.

Unter lautem Klirren reiße ich den Arm nach oben, aber stoße sofort auf unnachgiebigen Widerstand. *Mist.* Ich wühle das Stroh mit der freien Hand beiseite.

»Sie sind in den Boden eingelassen«, erklärt mir der Junge.

Ich sehe erschrocken nach rechts und links. Holzwände sperren uns in ein kleines Viereck. »Wo sind wir?«

»Wir sind in den Verschlägen für das Vieh. Sie hat ihre Ställe wohl zu Sklavenzellen umfunktioniert.«

Ich schlucke. *Sklaven?*

Von wegen: Akilaner lügen nicht. Addum hatte da keine Probleme mit. Dieser beschissene Tee!

Ich muss erst mal einen klaren Kopf bekommen. Wie bin ich hier gelandet? Wo sind Estelle und Kyara? Und wer ist eigentlich dieser Junge?

Ich rucke noch einmal kräftig an der Kette. Aber das Eisen schneidet sich nur schmerzhaft in mein Handgelenk.

»Kannst du vergessen, habe ich lange genug probiert«, sagt der Fremde.

Ich mustere ihn. Er ist kräftiger gebaut als die Jugendlichen in Favilla. Sein Kreuz ist sogar breiter als meines, und die Arme, die von seiner kurzärmligen Wollweste frei gelassen werden, sind muskelbepackt.

»Wer bist du?«, frage ich.

»Mein Name ist Daryan.«

»Wie lange bist du schon hier?«

»Seit drei Tagen.«

Ich seufze. Plötzlich höre ich Gemurmel irgendwo in der Nähe, dann ein Poltern.

»Estelle!«, rufe ich. »Kyara!« Ich schlage mit der Faust mehrmals kräftig gegen die Holzwände. Warte.

Als ich keine Antwort bekomme, rutsche ich mit der Hand am Holz ab, lasse sie ins Stroh zurückfallen.

»Das waren sicher nur die Leute aus den Nachbarzellen. Deine Freunde hören dich wahrscheinlich nicht«, sagt Daryan vorsichtig, irgendwie mitfühlend.

Ich schaue jetzt wieder in sein Gesicht. Das Weiß um seine Iris sieht ungewöhnlich klar aus.

»Sie sind dir wichtig?«, fragt er.

Ich nicke.

»Es könnte sein, dass sie uns gleich gegenüber auf der anderen Stallseite sind. Es klang zumindest danach. Direkt nachdem du in meinen Verschlag kamst, wurden dort Türen bewegt.«

»Alles klar.« Ich atme mehrmals tief durch, reibe mir die juckenden Augen. Ich muss jetzt wieder ein bisschen runterkommen. *Wieder klar denken.*

»Wie haben sie dich gekriegt?«, frage ich.

»Lange Geschichte«, antwortet er. »Wie war es bei dir?«

»Lange Geschichte«, sage ich.

Er lächelt. Er hat eine Lücke zwischen den oberen Schneidezähnen. »Ich habe zwar nicht vor, hier lange zu bleiben, aber eine Weile werden wir uns wohl noch Gesellschaft leisten.«

Ich schüttle den Kopf. Wie kann er so ruhig bleiben?

»Dann erzähl mir deine Geschichte«, sage ich.

Ich lehne mich zurück, ziehe die Knie an.

»Ich bin einer der Reiter«, sagt Daryan und ruckt dann einmal mit dem Kopf. »*War* einer der Reiter, meine ich.«

»Einer, der auf den Königsadlern fliegen konnte?« Meine Neugier ist geweckt.

Ich erinnere mich daran, wie Jon von ihnen berichtet hat. Nur wenige Menschen besitzen diese Gabe.

In Akila gibt es zwei Gewalten. Zum einen den *Rat der*

Krone, der über das Land herrscht, in diesem hat der König die absolute Befehlsgewalt. Zum anderen den *Rat der Adler*. Sie sind die Wächter des Landes. Königsadler und wenige Auserwählte, die auf den Königsadlern reiten dürfen, bilden diesen Rat. Sie haben einen Eid geschworen, dem Land Frieden und Sicherheit zu erhalten.

»Also bist du einer der Begabten?«, frage ich.

»Wenn man so will.« Er schürzt die Lippen. »Du siehst aus, als hättest du noch nie einen gesehen.«

Fast habe ich vergessen, dass es vielleicht nicht so schlau ist, sich als ein Mann aus Lavis zu erkennen zu geben. Und Lügen fällt ja anscheinend auch nicht auf.

»Nur ein- oder zweimal«, schiebe ich also hinterher, und Daryan scheint das zu genügen.

»Da hast du nicht viel verpasst.« Er schnipst einen Halm von seinem Bein. »Ich kann niemanden von ihnen leiden. Ein Haufen aus verbohrten Ehrenmännern. Doppelzüngig sind sie. Selbst Myon, von dem ich dachte, er stünde auf meiner Seite. *Begabte*. Sie haben es nicht verdient, *Begabte* zu sein.«

Er schweigt, und ich sehe, dass er seine Hände zu Fäusten geballt hat.

»Wie erkennt man diese Begabung?«, frage ich nach einer Weile vorsichtig. »Woher weiß man, dass die Leute das Talent haben, auf Adlern fliegen zu können?«

»Ha!« Er lacht. »Die wahre Begabung eines Reiters hat nicht sehr viel mit Fliegen zu tun.«

»Wie meinst du das?«

»Jeder Mensch kann mit ein bisschen Übung auf den Vogelwesen fliegen.«

»Was?«

Nun zieht er beinahe belustigt die Brauen nach oben, als hätte er schon mit dieser Reaktion gerechnet. »Du siehst – auch Akila hat Geheimnisse. Viel zu viele eigentlich.« Daryan starrt auf die Holzwand.

Ich schlucke. Ich möchte, dass er weiterredet. »Was willst du damit sagen?«

»Bist du blind?« Er löst sich jetzt mit dem Rücken von der Wand. »Der Rat des Königs spricht von Ehrlichkeit, Gerechtigkeit, Respekt und Güte. Er sagt, auch die Sklaven erfahren schließlich diese Werte und jeder hat seine Rolle zu spielen in der Gesellschaft. Aber der eigentliche Grund dafür, dass der König die Sklaverei nicht verbieten lässt, ist doch, dass er es sich nicht mit den vielen Kaufleuten und Großgrundbesitzern verscherzen will. Weil immer mehr Leute sich auch gegen die Sklaverei aussprechen und offen protestieren, wurde zwar beschlossen, die Misshandlung von Sklaven stärker unter Strafe zu stellen und zu verfolgen, aber das reicht nicht.«

Er erzählt mir diese Sachen, als wüsste er insgeheim, dass ich nicht von hier bin. Und trotzdem hat er noch nicht nach meiner Herkunft gefragt.

»Ich habe mich gegen den Rat gestellt. Gegen den Rat des Königs. Und auch gegen den Rat der Adler, der nichts unternimmt, weil er die Ordnung erhalten will. Ich komme in unserem Land viel herum. Du ahnst nicht, was ich alles gesehen habe.« Er fährt sich einmal mit der freien Hand über die kurz geschnittenen Haare, die in winzigen, dichten Locken auf seinem Kopf haften wie ein geknüpfter schwarzer Teppich.

»Ich wollte sie befreien, ich wollte dafür kämpfen, aber was ist passiert?« Er schluckt betreten. »Meine eigenen *Brüder* und *Schwestern* haben mich aus unserem Rat ausgeschlossen, sie haben mir meinen Adler weggenommen, und jetzt ...«, er pfeift verächtlich Luft durch die Zähne, »jetzt hält man mich selbst als Sklaven gefangen.« Er hebt die Faust mit der Fessel hoch, um sie dann wieder trostlos ins Stroh plumpsen zu lassen.

Nun schweigt er. Ich beobachte, wie sich das Zittern seiner Finger langsam legt.

»Wir müssen irgendwie hier rauskommen.« Ich untersuche nochmals den kleinen Verschlag, besonders die Stelle, an der die Ketten in den Boden eingelassen sind. Es muss einen Weg geben.

»Scht!« Daryan hält meine freie Hand fest, um mir damit zu verstehen zu geben, dass ich stillhalten soll. »Sie kommt«, flüstert er und nickt mit dem Kopf zur Tür. Jetzt höre ich die Schritte auch.

Kurz darauf öffnet sich eine kleine Klappe in der Holztür. Addum steckt ihren runden Kopf hindurch.

»Gut geschlafen?«, fragt sie und grinst. Ich habe freie Sicht auf ihren goldenen Zahn.

»Du hast uns belogen!«, sage ich aufgebracht.

Sie macht ein trauriges Gesicht. »Ehrlich, es tut mir wirklich, wirklich leid. Aber ein paar Sklaven sind mir abhandengekommen. Und schließlich muss man ja sehen, wo man bleibt. Das müssen wir alle, so ist das. Wisst ihr, damals, als ich eine Sklavin war, da hat mir auch niemand etwas geschenkt. Ich lebe meinen Traum – einst war ich Sklavin, und irgendwann werde ich eine Landherrin sein. Dafür habe ich hart gearbeitet.

Und, nun ja, die Nachfrage nach Sklaven ist gerade wirklich enorm hoch, da muss man selbst für ein Angebot sorgen, wisst ihr. Man muss im Geschäft bleiben. Das geht wirklich nicht gegen euch persönlich. Aber wenn man nicht aufpasst, ist man sofort abgeschrieben, und das wünscht ihr mir sicher auch nicht, oder?«

Ich will etwas erwidern, aber Addum redet bereits weiter. »Nun ja, ich hoffe, ihr habt es hier bequem. Ihr braucht euch gar keine Sorgen zu machen. Wenn ihr keinen Ärger bereitet, verkaufe ich euch Goldstücke an ein paar wirklich hochrangige Kunden, da seid ihr in besten Händen, so ist das.«

Dann schlägt sie die Klappe laut zu, ohne auf eine Antwort von uns zu warten. Stampfende Schritte entfernen sich.

Ich fahre mit den Händen die Rillen der Holzbretter ab, lasse sie über die kleinen Schlitze dazwischen gleiten. *Mist.*

Drei Tage hält Addum Daryan bereits in dieser Zelle gefangen. Erst jetzt wird mir klar, dass ich möglicherweise sehr lange hier festsitzen werde, wenn nicht noch Schlimmeres passiert. Ich kann hier nicht bleiben, das ist eine Katastrophe.

»Ich habe dich noch gar nicht nach deinem Namen gefragt«, sagt Daryan nach einer Weile, er wirkt völlig unbeeindruckt von Addums Auftritt.

Kurz sammle ich mich. »Ich bin Noel«, sage ich dann.

Fast hätte ich *Minenarbeiter* hinterhergeschoben. Aber der bin ich wahrscheinlich schon lange nicht mehr.

Für gewöhnlich ritze ich jeden Tag einen Strich in meine Bettkante, und im Gemeinschaftsraum kann ich dem Knochenmehl zusehen, wie es im Stundenglas unaufhörlich zu Boden rieselt. So verliere ich in den Katakomben nicht ganz das Gefühl für die Zeit. Aber in dieser kleinen Zelle verschwimmt alles, selbst wenn ich höchstwahrscheinlich erst ein paar Stundenstriche hier bin.

Und meine Gedanken hören nicht auf zu kreisen. Die Gedanken an zu Hause. Was ist, wenn es Jon längst erwischt hat? Wenn er einfach leblos in den Katakomben liegt, mit aufgeschlitzter Brust wie Nileas? Wer weiß, was in Favilla gerade los ist. Selbst wenn in diesem Moment alles unterginge, ich würde es hier gar nicht mitbekommen.

Und so oder so: Ich muss doch zu Sam.

Wenigstens Daryan ist irgendwann eingeschlafen. Eine Weile habe ich dabei zugesehen, wie seine Lider flatterten oder gelegentlich ein Finger von ihm zuckte.

Allmählich döse auch ich weg, dämmere eine ganze Weile vor mich hin, bis ich von einem Tritt gegen das Schienbein aufschrecke und hochschieße.

»Was ist los?« Ich reibe mir über die Augen, aber Daryan liegt immer noch zusammengerollt auf dem Stroh. Er scheint zu träumen, wälzt sich dabei wild hin und her, immer wieder schlägt er mit den Füßen aus.

Jetzt dreht er seinen Kopf in meine Richtung, ruckartig wie ein Vogel. Er hat die Augen fest zugekniffen. Schweißperlen haben sich über seiner Oberlippe gebildet. Die Haare an seinen Schläfen sind ebenfalls nass, seine Muskeln bis aufs Äußerste angespannt, als hätte man die Haut darüber glatt gezogen. Die Adern auf seinen Handflächen sind dick angeschwollen.

»Daryan!«, sage ich, aber er reagiert nicht. Was immer da auch gerade in ihm vorgeht, was er auch träumen mag, es scheint ihm alles abzuverlangen. Daryan stöhnt auf, ballt die Hand in der Eisenfessel zur Faust. Wieder wirft er sich herum, Strohhalme fliegen von ihm, seine Füße schlagen diesmal so kraftvoll gegen die Holzwand, dass ich fürchte, sie bricht gleich durch.

»Daryan!«, rufe ich jetzt etwas lauter. Ich weiß nicht, wie ich das aufhalten soll, sein Körper wird geschüttelt, und ich habe das Gefühl, er könnte explodieren, wenn ich ihn nur mit den Fingerspitzen berühre.

Auf einmal schreit er, laut und kehlig.

Dann richtet er sich schlagartig auf, zieht die Arme mit einer solchen Wucht mit sich, dass plötzlich ein mächtiges Krachen ertönt. Kleine Steinbröckchen fliegen nach oben, gefolgt von einer grauen Staubwolke.

Daryan hat die Eisenkette aus dem Steinboden gebrochen!

Erschrocken reißt er die Augen auf. Die Kette baumelt von seinem Handgelenk, ein kleiner Felsklotz hängt am unteren Ende, von dem immer noch letzte poröse Steinbröckchen ins Stroh rieseln.

Fassungslos starre ich auf das Loch, das er im Boden hinterlassen hat, dann wieder auf seinen bebenden Körper. Sein mächtiger Brustkorb bewegt sich heftig unter dem Gewand auf und ab.

»Was zum …« Ich kann nicht anders, als ihn weiter entgeistert anzustarren.

»Ich …« Jetzt dreht Daryan sich zu mir, seine Augen sind gespenstisch weit aufgerissen, und obwohl er mich ansieht, bin ich mir sicher, dass er mich nicht wirklich wahrnimmt, dass er im Kopf immer noch da ist, wo er gerade in seinem Traum war.

»Ich hab ihn wieder gespürt«, sagt er, noch völlig weggetreten. »Er war schon wieder da.«

»Was ist mit dir passiert? Von wem redest du?«

Aber er scheint mich nicht wirklich zu bemerken. Sein Brustkorb bewegt sich unverändert heftig auf und ab, als würde ein Tier darin toben.

Daryan blinzelt. Jetzt fixiert er mich. Nicht mehr entgeistert, wohl eher verwirrt. Es dauert ein bisschen, dann senkt er den Kopf, presst eine Hand gegen die Schläfe.

»Bist du okay?« Ich zeige auf die ausgerissene Eisenfessel.

Er lässt den Arm sinken, die Kette rasselt ins Stroh zurück. »Ich habe ihn so vermisst«, murmelt er und schaut zu Boden.

»Wen?« Ich drücke ihn an der Schulter wieder nach oben, sodass er mich anschaut. »Wen hast du vermisst?«

»Meinen Adler.« Daryan sinkt erschöpft an die Wand zurück, wischt sich mit dem Handrücken den Schweiß vom Mund.

Er hat eben eine Eisenkette aus dem Steinboden gerissen! Warum erzählt er mir jetzt von seinem Adler?

Er betrachtet kurz das Loch im Boden, aber im Moment scheint es noch nicht zu ihm durchzudringen.

»Er ist über die Dächer des Rates geflogen. Er war aufgebracht … wütend.« Daryan wühlt mit der Hand am Boden herum, zerquetscht ein Büschel Stroh. »Obwohl es dunkel war, habe ich die goldenen Kuppeln erkannt.«

Jetzt beugt er sich vor. Ich erkenne jede einzelne Pore in seiner dunklen Haut.

»Diese Kraft …« Er zeigt mir die ausgerissene Fessel. »Sie gehört meinem Adler.«

Mir raucht der Kopf, ich reibe mir die Stirn.

»*Das* ist das Geheimnis der Begabten«, sagt Daryan mit rauer Stimme. »Wir können mit den Königsadlern in Verbindung treten, und wenn wir ausgewählt werden, gehen wir eine besondere Bindung mit einem Einzelnen von ihnen ein. Ich kann sehen, was er sieht. Hören, was er denkt, und umgekehrt. Oder so war es jedenfalls, bevor sie ihn mir wegnahmen. Jetzt, wo wir getrennt sind, sind es nur noch die Visionen, mit denen damals alles angefangen hat.« Er legt gedankenverloren eine Hand an den Hals. »Ich hoffe, sie hören auf, wenn er seinen neuen Reiter bekommen hat. Und gleichzeitig fürchte ich mich vor diesem Tag.«

Er blickt zu mir hoch, ich will etwas Tröstendes sagen, aber er hebt die Hand. »Schon gut.«

Wir schweigen eine Weile.

Ich muss jetzt einen klaren Kopf behalten. Aber die Szene spielt sich immer wieder in meinen Gedanken ab. Ich habe diese Kraft gesehen. Daryan war erfüllt davon. Und sie war nicht menschlich. Ob es für jedes der Vogelwesen *Begabte* gibt?

»Kannst du diese Kraft jederzeit heraufbeschwören?«, frage ich.

Er schüttelt den Kopf. »Nur wenn wir in besonders emotionalen Momenten verbunden sind, und selbst dann nur äußerst selten.«

»Mhm.« Ich würde ihn so gerne mit mehr Fragen löchern. Doch ich kann den Schmerz noch immer in seinem Gesicht erkennen, es wäre jetzt einfach unpassend. Trotzdem dürfen wir keine Zeit verlieren, irgendwie muss er uns hier rausbekommen.

»Wie ist der Plan?«, frage ich also.

Nun schiebt sich ganz langsam ein schalkhaftes Grinsen auf sein Gesicht. »Im Morgengrauen wird uns die Wache Brot und Wasser in die Zelle stellen. Ich werde mich herzlich bedanken.«

Aus Reflex fasse ich an meine Gürtelhalterung, aber meine Axt ist nicht da. Natürlich, Addum hat uns unsere Waffen abgenommen. Es fühlt sich an, als hätte ich etwas Wichtiges vergessen, richtig unvollständig fühle ich mich ohne sie.

Daryan bleibt aufrecht sitzen, dicht an der Wand, damit er sofort in Stellung gehen kann, sobald sich Schritte nähern. Nur allmählich verschwinden die Schweißperlen von seiner Stirn.

Kyara, Estelle und ich können es schaffen. Wenn nichts schiefgeht, kommen wir hier raus, können nach Hause. Ich drehe nervös ein paar Strohhalme in meinen Fingern. Sie knistern. Sie haben dieselbe Farbe wie Sams Haare.

10

Akila. Addums Gutshof. Ställe.

Daryan gibt mir das vereinbarte Zeichen. Leise schleicht er neben den Eingang.

Ich richte mich so weit auf, wie es die Kette zulässt, und mache mich groß und breit, sodass die Wache hoffentlich als Erstes mich fixieren wird. Im Verschlag neben uns knallt die Tür zu, die Holzwände in unserer Zelle erzittern leicht. Nur noch wenige Augenblicke, dann wird der Wachmann bei uns sein. Kleine Hitzewellen jagen durch meinen Körper. Das ist unsere einzige Chance.

Schlüsselklappern. Dann leises Knarzen, fahles Licht fällt zum Türspalt herein, das gleich wieder von der Gestalt der Wache geschluckt wird. Ein dunkelhäutiger Mann mit buschigem Haarschopf, wohl um die vierzig Jahresumläufe, steht an der Schwelle.

»Hier«, sagt er mürrisch. Er hält ein Tablett in der Hand, darauf stehen zwei Wasserkrüge und liegt etwas Brot. Er zieht die Brauen zusammen. *Verdammt, er ahnt etwas!*

Mein Herz pocht schneller. Die Wache schiebt einen Fuß vor und beugt sich hinunter, um das Tablett abzustellen. *Jetzt.*

Daryan wirft sich gegen die Tür, sodass sie auf den Wachmann prallt und ihn im Türrahmen einquetscht. Sein Schädel knallt mit einem dumpfen Geräusch gegen das Holz, das Tablett fällt mit lautem Scheppern zu Boden, Wasser spritzt auf meine Knie.

Der Mann öffnet benommen den Mund, will wohl nach Hilfe rufen, doch Daryan zieht ihn bereits nach drinnen, springt auf seinen Rücken und umklammert den Hals mit seinen kräftigen Armen, wobei die Handfessel in der Bewegung vorschleudert.

Der Wachmann würgt, aber bringt sonst keinen Laut hervor. Verzweifelt greift er nach dem Arm, der seine Kehle umschließt. Dann richtet er sich plötzlich auf und wirft sich mit ganzer Kraft nach hinten, um den Angreifer loszuwerden.

Doch Daryan schafft es, den Schwung weitestgehend abzufangen, nur leicht prallt er gegen den Holzverschlag. Mit dem Ellenbogen schlägt er ihm in die Magengrube. Die Wache stöhnt, knickt ein. Ein letztes Mal packt Daryan ihn am Kopf, donnert diesen erneut gegen die Bretterwand und wirft ihn ins Stroh.

Das alles ging so schnell. Daryan könnte ohne Weiteres im Zirkel einsteigen.

Er wälzt den bewusstlosen Mann auf den Rücken. Dessen Kopf kippt in meine Richtung. Blut läuft ihm aus der Nase, die seltsam verbogen aussieht.

»Am Gürtel«, sage ich und zeige auf den Schlüsselbund. Drei Schlüssel baumeln daran. Ich schaue mir das Loch an meinen Handfesseln ganz genau an, es ist nicht sonderlich groß und bietet Raum für drei Zacken.

»Es muss der kleinste sein«, sage ich.

»Gut.« Daryan hat den Bund schon fast vom Gürtel des Wachmanns geknotet. Ich beobachte, wie das Blut weiter von dessen Nase in einer leuchtend roten Linie über die Lippen läuft.

Wir müssen hier raus, bevor jemand sich wundert, wo die Wache bleibt. *Mach schneller, Daryan.*

Er nestelt ein letztes Mal an den Schlüsseln herum, dann zieht er ein Stück Schnur nach oben. »Ich hab's!«

Ich strecke ihm mein Handgelenk entgegen, hektisch steckt er den Schlüssel in das Loch, dreht. Mit einem leisen Klicken schnappen die Eisenbögen auf.

»Danke«, presse ich hervor, während ich mein Handgelenk massiere.

Daryan reicht mir den rostigen Schlüssel, und ich befreie auch ihn schnell von seiner Kette, der Klotz fällt zu Boden.

»Los!« Daryan schnappt meine Hand und zieht mich auf die Beine.

Ich steige über die Wache hinweg. Hinter der Tür liegt ein schmaler Gang, wir sind auf der Mitte, etwa zwanzig Schritte geht es in beide Richtungen. Und in beide Richtungen reihen sich die Viehverschläge, kleine, stabile Kästen aus Holz, jeweils mit einer kleinen Klappe in der Tür. Am linken Ende des Ganges führt ein Holzbogen in einen weiteren Raum, dort muss es einen Durchgang zum Hof geben.

Ich reiße die Klappe eines ersten Verschlages auf. Leer.

Ich haste zur nächsten, mache sie auf. Zwei Fremde, die am Boden kauern. Weiter, ich jage zum nächsten Verschlag. Endlich! Schnell schiebe ich den Riegel der Tür auf. Kyara und ein anderer Junge sitzen zusammengesunken auf dem Boden.

Verwirrt hebt sie den Kopf, ihr Gesicht hellt sich auf, als sie mich erkennt. »Noel!«

Der Schlüssel klebt in meiner schwitzigen Hand, ich drehe mich schnell zu Daryan. »Bewach du den Ausgang!«

»Okay.« Er verlässt die Kabine. Ich beuge mich schnell zu Kyara runter.

»Ihr habt es geschafft«, sagt sie leise. »Wie …«

»Wir müssen hier raus, bevor Addums Wachen auf uns aufmerksam werden.« Mit einem Klicken öffnen sich auch ihre Fesseln.

»Weißt du, wo Estelle ist?«, frage ich.

»Ich suche sie. Befrei du ihn«, sagt Kyara und zeigt auf den Jungen neben sich, der mir schon mit flehendem Blick sein Handgelenk entgegenhält. Dann ist auch sie weg.

Hektisch stecke ich den Schlüssel in die Fesseln des Zellenmitbewohners von Kyara. Er zittert am ganzen Leib, nuschelt immer wieder irgendeinen Spruch vor sich hin. »Danke«, murmelt er dann. »Danke.«

Zurück im Gang, winkt mich sofort Kyara heran, die gerade die Klappe zu einem Verschlag schräg gegenüber geöffnet hat. »Hier!«, flüstert sie und macht mir den Weg frei.

Mit nervösen Fingern schließe ich die Zellentür auf, da kommt Daryan plötzlich hastig vom Ausgang des Stalls zu uns herüber.

»Wir haben ein Problem!«, zischt er. »Sklaventreiber mit neuen Sklaven. Wenn die uns hier entdecken, sind wir geliefert!«

»Verdammt!«, fluche ich. Wir können nicht ohne Estelle gehen, ich muss sie hier rausholen.

»Los!«, sagt Daryan jetzt und rennt auf den Ausgang zu. »Kommt schon!« Er winkt uns hektisch zu sich.

Der Junge aus Kyaras Verschlag bleibt gar nicht erst stehen, sondern rennt an Daryan vorbei und ist weg.

Mir kommt es vor, als würden die Schritte der Sklaventreiber schon jetzt überall um mich herum erklingen.

»Geh vor!«, rufe ich Daryan leise zu, und dann zwänge ich mich in Estelles Verschlag. Kyara bleibt mit dem Rücken zur Tür stehen und behält den Gang im Auge. »Ich gebe dir Deckung, mach schon!«

Drinnen nur düsteres Licht. Estelle sieht verstört aus ihrer Haarmähne zu mir auf, die Locken gleiten an ihren Wangen nach hinten.

»Gib mir dein Handgelenk!«, sage ich. »Schnell!«

Sie schüttelt den Kopf. »Lass mich hier«, flüstert sie heiser.

»Was?« Ich greife grob nach ihrem Arm. Wir haben keine Zeit! Meine Finger zittern, ich fuchtle viel zu hektisch mit dem Schlüssel herum. *Mist.*

»Noel!« Sie legt ihre Hand auf meine, hält sie fest. »Rettet euch, lasst mich hier!«, fleht sie verzweifelt. »Bitte lasst mich einfach hier!«

Ich höre raue Stimmen von draußen, haben sie Daryan schon entdeckt? Wenn nicht, könnte es jeden Moment geschehen.

Ich werfe einen letzten Blick in Estelles Gesicht. Ihre Augen glänzen, und sie sprechen zu mir. Ich sehe die Hoffnung darin. *Ich weiß, was sie vorhat. Ich weiß es, aber …*

»Geh!«, flüstert sie, und dann gleiten ihre Finger von meiner Haut. Meine Kehle fühlt sich so eng an.

Vielleicht sehe ich sie gerade zum letzten Mal.

Ich kneife einmal fest die Augen zusammen, dann renne ich los, reiße Kyara am Handgelenk mit mir.

»Estelle?«, keucht sie.

»Lauf einfach«, presse ich nur hervor, wir rennen Seite an Seite zum Ende des Stalls, durch den Torbogen hinaus. Dahinter hängt eine Tür schief in den Angeln. Daryan muss schon vor uns geflüchtet sein.

Ich stoße sie mit dem Fuß auf. Wir stolpern ins Freie, sind jetzt in einer Art Hinterhof. Der Morgen graut. Frische, aufgelockerte Erde gibt unter unseren Füßen nach, hier und da hat ein Flecken Wiese überlebt. Kalte Luft strömt in meine Lungen. Da hören wir schon feste Schuhe rechts von uns laut schlagen. Viele Schuhe.

»Sofort stehen bleiben!«, bellt eine tiefe Stimme. Männer mit langen Bärten, blauen Gewändern und sichelförmigen Schwertern stehen im Hof, nur ein paar Dutzend Schritte entfernt. Sie werden uns umlegen, ohne einmal mit der Wimper zu zucken.

»Schnell!«, schreie ich. Nicht weit vor uns tut sich ein Feld auf, bewachsen mit hohen, dicht stehenden Pflanzen. »Da durch!«, schreie ich.

»Lasst sie nicht entkommen!«, höre ich jetzt Addums Stimme unter denen der Wachen deutlich heraus, aber da brechen wir schon ins Feld.

Zweige peitschen mir ins Gesicht. Ich schlage die Pflanzen mit ihren kolbenartigen Hülsen so gut es geht zur Seite, bahne uns den Weg, Kyara dicht auf meinen Fersen. Wir könnten es schaffen!

Aber da höre ich, wie die Wachen hinter uns bereits mit Tempo durch die Zweige brechen. Wenn wir jetzt langsamer werden, landen ihre Schwerter in unseren Rücken.

Ich versuche, noch mehr rauszuholen. Aber die Muskeln in meinen Beinen brennen, jeder Atemzug sticht in der Brust. Schützend halte ich die Ellenbogen vor mich, laufe einfach nur noch frontal in die Pflanzen hinein. Die Blätter klatschen gegen meinen Körper, knicken zur Seite. Beinahe strauchele ich auf dem harten, unebenen Boden.

Pflanze um Pflanze vor mir, Kyaras lautes Keuchen in meinem Ohr, das Geräusch der hackenden Schwerter hinter uns. *Weiter, weiter.*

Ich biege nach links ab. Vielleicht können wir sie so abhängen. Wir hetzen vorwärts, mein Leinenhemd verfängt sich, ich reiße daran.

Bei jedem Schritt versuche ich, das fiese Erschöpfungsstechen in der unteren Bauchseite zu ignorieren.

Ich stolpere beinahe, muss kurz abstoppen, da rennt Kyara in mich hinein. Wir fallen, rappeln uns wieder auf, sie zieht mich hoch, weiter.

Ich weiß nicht, wie lange wir rennen, irgendwann werden die Geräusche hinter uns leiser, wir werden endlich langsamer. Schließlich verharren wir neben einem dichten Strauch. Ich stütze die Hände auf die Knie und atme durch, mein Hals ist völlig ausgetrocknet. Ich habe das Gefühl, mich gleich übergeben zu müssen.

Kyara sackt auf den Boden. »Denkst du«, sie holt Luft, »denkst du, wir … haben sie abgehängt?«

»Erst mal vielleicht schon.« Ich setze mich zu ihr unter das

Pflanzendach. Eine Weile warten wir einfach so, bis unser Atem wieder gleichmäßig geht.

Ich huste, spucke lange Fäden. Kyara wischt sich über die verschwitzte Stirn, dann schaut sie nach oben. Die Sonne ist bereits ganz durch die Wolken gebrochen. Uns wird nichts anderes übrig bleiben, als bei Tageslicht zurückzureiten, wir können uns nicht noch länger in Akila aufhalten, wir haben schon viel zu viel Zeit verloren.

»Was ist mit Estelle?«, fragt Kyara unvermittelt. »Sollten wir nicht noch mal zurück? Wir müssen sie rausholen.«

»Das können wir nicht«, sage ich etwas zu schnell.

Kyara reibt sich den Nacken. »Ich weiß nicht, ob das richtig ist.«

»Ich bin mir sicher.« Ich sehe sie entschlossen an. »Das wäre lebensmüde. Wir sind gerade so davongekommen, wir richten nur Schlimmeres an, wenn wir zurückkehren.« Ich huste noch mal.

»Jon wird nicht wollen, dass wir die Mission gefährden«, füge ich dann etwas lahm hinzu.

Du weißt nicht, was ich weiß, denke ich. Und Jon darf es auch nie erfahren. Estelle *wollte* dortbleiben, vielleicht wollte sie das sogar von Anfang an. Ich hoffe nur, dass sie ihr Glück wirklich findet.

Ich reibe mir über das Handgelenk, über die Stelle, an der das Eisen meine Haut aufgescheuert hat. Ich will gar nicht daran denken, was passiert, wenn sie es nicht schafft.

»Was war mit dem Jungen aus deiner Zelle, den ich befreit habe?«, frage ich.

»Ich habe ihn nicht mehr gesehen. Wahrscheinlich ist

ihm die Flucht gelungen«, sagt Kyara und wischt sich erneut Schweiß vom Gesicht.

Sie schaut mich an, aber ich sehe, dass sie in Gedanken ganz woanders ist. Ich lege eine Hand auf ihr Knie. »Alles okay?«

Kyara reckt das Kinn vor. »Ich habe euch so viel Gutes und Schönes über Akila erzählt. Dann der Wissensverwalter, jetzt das hier. Es kommt mir auf einmal vor, als hätte man mich all die Jahre nur belogen, verstehst du?«

Plötzlich hören wir ein Rascheln, irgendwo aus dem dichten Grün des Blätterwaldes. Dann mehrfaches Knacken. Jemand kommt auf uns zu!

Kyara zuckt zusammen, wir sehen uns alarmiert an. Wieder will ich nach der Axt an meinem Gürtel greifen. Nicht da, stimmt.

Noch mal ein Krachen, schon wesentlich näher diesmal. Wir kauern am Boden. Wenn wir uns nur ein bisschen bewegen, verraten wir unseren Standpunkt. Doch er ist längst da – Sträucher schieben sich vor uns zur Seite, ich springe auf.

Und blicke in fast schwarze Augen.

»Daryan?« Ich lasse die Schultern sinken.

Er hält eine abgebrochene Holzlatte vor sich in der Hand, die er jetzt sinken lässt.

»Ein Glück«, sagt er. »Ihr habt es geschafft.«

»War mehr als knapp«, sage ich. »Was hast du jetzt vor?«

»Ich bleibe hier. Addums Männer gehören zu den gefürchtetsten Sklaventreibern in der Gegend. Vielleicht kann ich ihr das Handwerk legen. Für mich ist der Kampf noch nicht zu Ende.« Er verzieht einmal das Gesicht. »Was ist mit eurer Freundin?«

Ein kurzes Schweigen hängt zwischen uns.

»Wir haben es nicht mehr geschafft«, sage ich schließlich. »Weißt du, wo sie sie hinbringen werden?«

»Das ist unterschiedlich. Wofür sich die Leute eben am besten eignen.« Daryan legt mir die Hand auf die Schulter. »Ich helfe ihr, wenn ich sie wiedersehen sollte. Wie ist ihr Name?«

»Estelle«, sagen Kyara und ich gleichzeitig.

»Gut. Ich frage jetzt lieber nicht, woher ihr wirklich kommt oder was ihr vorhabt, am besten macht ihr einfach, dass ihr hier wegkommt.«

»Vielen Dank, Daryan«, sage ich und tippe zweimal mit dem Finger gegen die Stirn. »Da, wo ich herkomme, macht man das so.«

Er lächelt und macht es mir nach. »Lebt wohl, ihr beiden.«

»Leb wohl«, sagt Kyara.

Und nun dreht Daryan sich um. Die Pflanzenstauden wackeln noch kurz, dann ist er weg.

Vielleicht wird er es tatsächlich schaffen. Ich muss an den Moment denken, in dem ich diese Kraft in ihm gesehen habe, diese Übernatürlichkeit. *Auf jeden Fall wird er es schaffen.*

Kyara reißt eines der kolbenartigen Dinger von einer Pflanze. Sie schält die Blätter ab, und etwas Gelbes kommt darunter zum Vorschein. Sie reicht es mir.

Ich drehe es einmal in den Händen, runzle die Stirn. Kleine, gelbe Früchte winden sich wie zusammengepresste Körner um den Kolben.

»Was ist das?«

Kyara grinst. »Beiß rein, du wirst es mögen.«

»Es ist etwas zum Essen?«, frage ich.

»Ja.«

»Und wir haben ein ganzes Feld davon?«, hake ich nach.

»Ja.«

»Ich liebe Akila!«, sage ich, und auf einmal lacht Kyara richtig laut.

11

Favilla. Gänge.

Was soll ich denn jetzt davon halten?

Ich ziehe die Tür der Krankenstation hinter mir zu. Jon und ich haben uns im Nebenzimmer unterhalten. Im ersten Moment war ich einfach nur froh, ihn wohlbehalten zu sehen, aber es war sehr ernüchternd, nur schlechte Nachrichten zu überbringen, gerade jetzt, wo ein Lichtblick wichtiger wäre denn je.

Er hat zu meinem Bericht kaum etwas gesagt, das beunruhigt mich am meisten.

Und natürlich war er nicht begeistert davon, dass wir die Heimreise noch bei Tageslicht angetreten haben. Uns war ja auch bewusst, dass dies nicht ungefährlich ist, aber je länger wir in Akila gewartet hätten, desto höher wäre das Risiko gewesen, Addums Männern oder einem anderen Sklaventreiber in die Arme zu laufen. Was blieb uns denn anderes übrig?

Auf dem Rückweg ist uns zum Glück niemand mehr begegnet, auch die Pferde standen noch am selben Ort, an dem wir sie angebunden hatten.

Ich habe Jon das alles so berichtet, aber immer wieder bin

ich aus dem Konzept gekommen, weil ich Melvin nebenan husten gehört habe. Ich mache mir große Sorgen um ihn. Sein Zustand hat sich kaum gebessert. Er liegt immer noch im Fieber und ist die meiste Zeit nicht ansprechbar. Kein Grinsen, kein Spruch.

Jon hat nicht ein Wort über Sam verloren. Dabei muss er doch genau wissen, wie sehr die Frage nach ihr in mir brennt.

Er sagte mir, dass es keine weiteren Anschläge oder Vorfälle in Favilla gegeben hat, während wir weg waren, das war die einzige wirkliche Information, die er mir zugestanden hat.

Nichts ist passiert, und doch warte ich irgendwie nur darauf, dass alles zusammenbricht.

Jetzt, auf meinem Weg durch die Gänge, suche ich jedes Gesicht ab, mein Blick huscht beinahe irre umher auf der Suche nach Sam.

Ich habe furchtbare Bauchschmerzen, weil ich viel zu viele von diesen leckeren Maisdingern gegessen habe.

Vielleicht sollte ich mich ausruhen. Jon hat mich schließlich vom Unterricht befreit, aber ich bin zu unruhig, alles fühlt sich so *ungeklärt* an.

Plötzlich schlingen sich zwei Arme von hinten um meine Bauchmitte. Ich drehe mich langsam um. Sam nimmt die Arme nicht von mir, schmiegt sich jetzt genau an meine Brust.

Endlich. Einen kurzen Moment ist es, als rücke sich etwas in mir zurecht, als wäre alles auf einmal gut.

Dann löst sie ihre Arme wieder von mir und boxt mir so kräftig gegen die Schulter, dass es wehtut. »Das ist dafür, dass du einfach so los bist.« Sie sieht zu mir hoch. »Erzähl mir, was passiert ist.«

Irgendetwas muss ich ihr sagen, das mit Estelle weiß sie vermutlich auch noch nicht, und überhaupt, aber ich habe keine Ahnung, was das sein soll. Hier mitten auf dem Gang von Ebene Eins ist auf jeden Fall nicht der richtige Ort dafür.

»Treffen wir uns später bei dir in der Zelle?«, frage ich also nur.

Sie presst kurz die Lippen aufeinander. »Okay«, sagt sie ein bisschen zögerlich. Sie schenkt mir nur ein flüchtiges Lächeln, sichtlich verwirrt von meinem Verhalten.

»Bis dann«, sage ich.

»Bis dann«, sagt sie.

Ich drehe mich als Erster um.

Bevor ich jetzt woandershin gehe, setze ich mich noch zu Melvin. Die meiste Zeit schläft er, aber ich bin froh, überhaupt bei ihm sein zu können.

Er wälzt sich in meine Richtung. Seine Lippen sind rissig, an den Rändern fast weiß. Er blinzelt ein paarmal und murmelt etwas, das ich nicht verstehe. Wie gerne würde ich mir jetzt einen seiner Sprüche anhören.

»Ach, Kumpel«, sage ich leise. »Akila hätte dir gefallen. Lauter Menschen, die deine Witze nicht verstehen.« Melvin reagiert nicht, aber das ist egal. »Das Schlimme ist, wir haben nicht mal etwas gerissen. Nur eine Leiche gefunden und Estelle dortgelassen. Und wer hier in Favilla gegen uns arbeitet, da sind wir auch noch keinen Schritt weiter. Was denkst du? Ich habe nicht mal einen richtigen Verdächtigen.«

Kurz muss ich an Emma denken, wie sie die Armbrüste »untersucht« hat, aber dann wische ich den Gedanken weg. *Unsinn.* Sie ist eine von Jons engsten Vertrauten.

Ich erzähle ihm weiter von Akila, ohne richtig bei der Sache zu sein, aber es ist angenehmer als die Stille. Ich erzähle von Daryan und wie er die Kette aus dem Boden gerissen hat, als er seine Vision hatte. Was er jetzt wohl macht? Ob er immer noch hinter Addum her ist?

Ich habe keine Ahnung, warum ich Jon noch nicht von dieser neuen Information mit den Begabten erzählt habe. Vielleicht, weil ich noch immer so überrumpelt davon bin. Daryan konnte es mir nicht beantworten, aber würde es nicht Sinn ergeben, dass auch andere Vogelwesen derart kommunizieren?

Gibt es vielleicht jemanden in Lavis, der eine Verbindung zu dem freien Phönix aufbauen kann?

Aber das ist wohl eher Wunschdenken. Wenn jemand solche Visionen hätte, wäre er bestimmt früher oder später aufgefallen.

Nach einem Stundenstrich gehe ich zu Sam. Und als ich ihr in ihrer Zelle gegenüberstehe, kommt es mir so vor, als wäre in der Zwischenzeit nichts passiert, als wären Sam und ich uns gerade erst im Gang begegnet.

Jetzt muss ich irgendetwas sagen, irgendwie diese Situation klären, dieses Risiko aus der Welt schaffen, dass uns in Zukunft jemand zusammen sehen könnte. Aber *wie?* Und *was* will ich ihr denn überhaupt sagen? Mein Gehirn fühlt sich an wie leer gelöscht.

»Schieß los«, sagt sie.

»Hm?«

»Jetzt tu nicht so. Vor der letzten Zirkelsitzung war noch alles in Ordnung. Nun stehst du schon wieder einfach so da.«

Sam verschränkt die Arme vor der Brust, aber an ihrer Stimme höre ich, dass sie verletzt ist.

»Sam, ich …« Ich hebe die Hände und lasse sie gleich wieder hilflos fallen.

»Du gehst mir aus dem Weg, du haust ab, ohne dich zu verabschieden. Du bist nie aufzufinden. Ich habe keine Ahnung, was passiert ist und wo eigentlich Estelle ist.« Falten ziehen sich in ihre Stirn, und ich kann nur denken, wie schön sie ist. Sie ist wütend, und sie ist so schön.

»Das wollte ich doch«, sage ich, aber eigentlich spüre ich im Moment einfach nur, wie sich alles in mir zusammenzieht, mich zu ihr zieht.

»Ich stehe vor Jons dämlicher Zellentür. Und alles, was ich tue, ist, an dich zu denken und daran, was ich wohl diesmal falsch gemacht haben könnte, während du …«

Jetzt kann ich nicht mehr, mit einem Schritt bin ich bei ihr, umfasse ihr Gesicht und küsse sie. Fest. Kurz wehrt sie sich, aber ich schlinge meine Arme eng um ihren Körper, bis ich merke, wie sie langsam nachgibt.

Dann löst sie sich plötzlich von mir und holt Luft, in ihren Augen glüht es. Und nun ist sie es, die mich küsst. Sie stellt sich auf die Zehenspitzen, zieht meinen Kopf sanft an den Haaren nach unten, um meine Lippen mit ihren zu streichen. Sie sind genauso weich, wie ich sie in Erinnerung habe, nur das Gefühl in meiner Brust ist stärker, schwerer.

Es kommt mir vor, als löse sich etwas in mir, ich schließe die Augen, konzentriere mich einfach nur auf diese Berührung. Und will mehr.

Ich packe ihr Handgelenk, drehe mich mit ihr um und

drücke sie mit dem Rücken gegen die Steintür der Zelle. Sie keucht auf. Wir sehen einander herausfordernd an, dann presse ich meinen Körper so fest es geht an ihren, ich muss sie berühren.

Ich lasse meine Hände in ihren Nacken gleiten, sie hat die Lippen leicht geöffnet. Das weiche Licht der Öllampe wirft sanfte Schimmer auf ihr Dekolleté. *Sam, was machst du mit mir?*

»Ich habe dich vermisst«, sage ich, und dann drücke ich meine Lippen wieder auf ihre. Ich schiebe meine Hände unter ihr Leinenhemd. Ihre Haut unter meinen Händen fühlt sich so gut an.

Sam kippt den Kopf gegen die Steintür, die Augen geschlossen. Ich bedecke ihre Kehle mit Küssen, ihre Wangen, ihre Stirn. Ich rieche an ihren Haaren. Ich rieche sie, ich kann nicht genug von ihr bekommen.

Ihre Finger kriechen unter mein Hemd, tasten über meinen Bauch bis zu meiner Brust. Sie sind kalt, und ich zucke unter ihnen zusammen. Je weiter ihre Finger wieder abwärtskrabbeln, desto kräftiger spüre ich meine Herzschläge, spüre die Wellen, die durch mich hindurchjagen. Dann wandert sie wieder zum Saum meines Leinenhemdes hinunter, krallt sich hinein und schiebt mir das Hemd hoch, bis über den Kopf. Ich halte die Luft an.

Der Leinenstoff fällt zu Boden.

Für einen Augenblick starren wir uns nur an.

Ihr Atem geht schwer, mein Atem geht schwer. Gesicht vor Gesicht.

Und jetzt greife ich mit den Händen unter ihre Schenkel,

hebe sie hoch, und sie schlingt ihre Beine um meinen Oberkörper. Ihr Becken drückt gegen meines. Ich muss wieder die Luft anhalten. Ihre Hände fahren durch meine Haare. Jede Berührung schlägt in mir ein.

Ich halte sie weiter fest, trage sie zum Bett und setze sie auf dem Fell ab.

Sie schaut mich aus diesem unruhigen Grün an, das immer ein wenig aussieht, als würde sich darin etwas bewegen.

Vorsichtig nehme ich den Saum ihres Hemdes in die Finger. Ich zögere kurz, doch sie nickt stumm, und ich streife es vorsichtig über ihren Kopf. Ihre Haare fallen auf ihre nackten Schultern zurück, ergießen sich seidig über der hellen Haut, über ihre runden Brüste.

Sam schwingt ihre Beine aufs Bett, dann greift sie nach meiner Hand und zieht mich zu sich.

Ich sehe, wie sie zittert.

Langsam steige ich auf das Bett, meine Knie rechts und links von ihrer Hüfte. Gänsehaut überzieht ihren ganzen Körper.

Ich beiße ihr einmal zärtlich in die Unterlippe. Sie verzieht den Mund, lächelt. Meine Sam, mein Mädchen.

»Ich hätte es nicht ertragen, wenn dir etwas passiert wäre«, haucht sie und fährt dabei mit den Fingern über die Stoppeln an meinem Kinn.

Aber da erstarre ich.

Ich würde es auch nicht ertragen, wenn dir *etwas passiert,* schießt es mir durch den Kopf.

Urplötzlich kracht alles in mir zusammen. *Was, zum Henker, machen wir hier?*

Dir muss klar sein, dass ich das nicht dulden kann …

Ihre Finger tasten nach meinem Gesicht. »Nicht denken, bitte nicht nachdenken«, sagt sie leise.

Ich weiß, dass du das Richtige tun wirst …

»Hey!«, sagt sie fest, sieht mich dann aber verunsichert an.

Sam bringt dich in Gefahr, indem sie deinen Geist schwächt.

Wenn du nicht in der Lage bist, diese Gefahr zu entschärfen, dann werde ich es tun … und ich glaube nicht, dass du das willst.

Aber da bin ich schon auf die Füße gesprungen, so schnell, als wäre jemand hinter mir her, und das Klopfen in meiner Brust fühlt sich auf einmal nur noch nach Panik an.

»Das hätte nicht passieren dürfen.« Meine Worte schneiden wie Messer.

Sam setzt sich auf, schützend hält sie das Fell vor ihren Körper. »Jetzt rück endlich damit raus!«, zischt sie. »Sag schon, was los ist, du feiger Mistkerl!«

Ihre Wangen sind rot. Ich kann sie nicht länger ansehen, drehe ihr den Rücken zu. *Was mache ich hier bloß?*

Ich gehe auf die Tür zu, höre, wie Sam hinter mir aufsteht. Nein, sie darf mir nicht hinterher. Schnell greife ich nach dem Türgriff, verlasse die Zelle.

… und ich glaube nicht, dass du das willst.

12

Favilla.

In den nächsten beiden Tagen verschwindet das Zusammensturzgefühl nicht. Jon hat Sam so sehr eingespannt mit den Wachen, dass wir uns kaum sehen. Wenn doch, gehen wir wie Fremde aneinander vorbei.

Beim Essen und auch sonst vor all den anderen kann sie keine Fragen stellen. Allerdings bin ich mir nicht einmal sicher, ob sie das will, denn es ist, als existiere ich überhaupt nicht mehr für sie. Nicht mal einen wütenden Blick oder etwas in der Art hat sie mir seitdem zugeworfen. Wahrscheinlich ist das erstmal besser so.

Der Zirkel redet viel über Estelle, und manchmal habe ich Angst, man könnte mir die Wahrheit ansehen, doch vermutlich wissen nur Sam und ich, warum sie wirklich zurückgeblieben ist.

Im Moment fühlt es sich an, als läge über ganz Favilla eine gedämpfte Stimmung. So, wie es immer ist, wenn ein Schüler plötzlich verschwindet. Jeder wirkt betroffen, aber keiner traut sich, es anzusprechen. Vielleicht auch ein bisschen wie die Ruhe vor dem Sturm.

Jon hat uns Zirklern erlaubt, ständig, sogar zu den Essenszeiten und in der eigenen Zelle, kleinere Waffen wie Dolche bei uns zu tragen. Natürlich verdeckt.

Und oft kann ich nicht anders: Ich überprüfe den Hohlraum eines Senkgrabes zweimal, ich rieche an meinem Wasser, bevor ich einen Schluck trinke. Ich beobachte das Verhalten der anderen Schüler.

Bei der ersten Gelegenheit entschuldige ich mich bei Lennart für meinen kleinen Ausraster vor der Krankenstation. Ich war in dieser Situation einfach mit allem überfordert. Aber mehr als ein Nicken kommt als Antwort nicht, dann redet Lennart von etwas anderem. »Wusstest du, dass die Höhlenkäfer einen ganz bestimmten Weg in den Gangsystemen zurücklegen?« Mit den Fingern malt er Schlängellinien auf die Tischplatte. »Ich glaube, sie paaren sich bald.«

»Ah«, sage ich nur, weil mich gerade nichts weniger interessieren könnte, doch er erzählt auch gar nicht weiter. Er malt lediglich mehr unsichtbare Linien auf das Holz.

Ich habe Jon nun dreimal um ein Gespräch gebeten, und er hat mir jedes Mal abgesagt. Hat er meinen Fehltritt mit Sam mitbekommen?

Als er mich abends endlich in den Zirkelraum bittet, fühle ich mich fremd, als wäre ich ewig nicht hier gewesen.

Die Farbe, mit der die Rätsellösung auf das Tuch gemalt wurde, ist schon ein wenig verblasst. Ich kann die Worte auswendig, wie ein Stempel wurden sie in meinem Gehirn über andere Gedanken gedruckt.

Jon hat zwei Stühle so in den Raum gestellt, dass sie sich direkt gegenüberstehen, wie zu einem Verhör.

»Bitte.« Jon bedeutet mir, Platz zu nehmen. Ich setze mich. Das Holz ist eiskalt.

Er lässt sich mir gegenüber auf dem anderen Stuhl nieder, die Hände legt er ruhig, aber bestimmt auf den Lehnen ab, und obwohl ich schon so oft diese Sitzungen mit ihm hatte, bin ich heute nervös.

»Zunächst habe ich noch ein paar Fragen bezüglich Estelle.« Er zieht ihren Namen merkwürdig lang. »Konntest du während der Reise irgendetwas herausfinden? Ist dir etwas an ihr aufgefallen?«

Ich bemühe mich, mir nichts anmerken zu lassen, versuche, den Blickkontakt nicht zu unterbrechen.

»Nein. Gar nichts«, antworte ich schließlich, aber ich sage es ein wenig zu abrupt. Habe ich mich damit verraten?

Jons Kugelaugen bleiben unverändert auf mich gerichtet. »Und ihr hattet gewiss keine andere Möglichkeit, als sie dort zurückzulassen?«

»Nein, umkehren wäre zu riskant gewesen. Wir waren unbewaffnet und in der Unterzahl. Sie hätten uns wieder eingesperrt«, erkläre ich nüchtern. Dabei denke ich an unser Gespräch in der Bibliothek vor nicht mal zwei Monaten, als er mir deutlich machte, dass es Personen von Wichtigkeit gibt. Dass man entscheiden muss zwischen Heldentum und Torheit. Nach seinen Vorstellungen habe ich richtig gehandelt. Wenn man so will, habe ich Estelle zum Schutz von Favilla zurückgelassen, und das weiß er auch.

Ich lehne mich ein Stück vor. »Jon, ich wollte mit dir eigentlich noch über etwas anderes reden. Sam …«

»Ich weiß, dass du bestimmte Prinzipien hast«, unterbricht

er mich wie gewöhnlich. Normalerweise stört mich das nicht, doch gerade macht es mich wahnsinnig.

»Aber Favilla befindet sich in einer Zeit des Umbruchs. Ich habe große Pläne mit dir«, fährt er fort.

Welche Pläne? Das Zepter ist immer noch beim König, und wir sitzen immer noch hier fest.

»Im Moment kann ich nicht einordnen, was es mit der Ermordung von Nileas auf sich hat«, sagt er. »Ich weiß nicht, was hier in Favilla vor sich geht, wer in unseren eigenen Wänden den Tod zu uns trägt. Das Ganze ist mir noch zu undurchsichtig. Ich kann euch nicht schon wieder losschicken, wenn ich nicht weiß, ob ich euch hier brauche. Aber der Tag wird kommen. Schon bald.«

Er macht eine Pause, tippt mit dem rechten Zeigefinger auf die Stuhllehne, dann sieht er mich von unten herauf wieder an. »Sam als Tochter des Königs erschwert uns den Schritt nach draußen.«

»Was?!«, rutscht es mir raus. Hat er eben wirklich gesagt: *Tochter des Königs*?

Ich blinzle. Mein Herz rast, wie bei einem Kampf genau in dem Moment, in dem das Gegenüber noch tänzelt und jeder auf den nächsten Schlag wartet.

»Denkst du etwa, ich hätte keine Nachforschungen angestellt?« Ein kurzes Lächeln zuckt um seine Mundwinkel. »Ich wollte warten, bis sie selbst auf mich zukommt. Ich will mir mein Vertrauen nicht erkaufen.«

Er spricht mit einer so vollkommenen Ruhe, dass ich nicht anders kann, als ihn entgeistert anzusehen. *Was soll das? Er wusste also die ganze Zeit davon? Die ganze Zeit, in der sie solche Angst hatte, dass es rauskommt? All die Sorgen umsonst?*

»Du findest es nicht *schlimm?*«, frage ich.

»Selbstverständlich nicht. Noel, du musst daran arbeiten, *pragmatischer* zu denken. Sam ist offensichtlich geflohen, weil sie die Tyrannei ihres Vaters gehasst hat. Natürlich habe ich sie hier in Favilla sehr lange überwachen lassen, um sicherzugehen, dass ich mich nicht irre. Aber sie hat sich als eine meiner wertvollsten Mitstreiterinnen erwiesen. Ich verüble ihr nicht, dass sie dabei ihre Herkunft verschwiegen hat. Es ist ein schwerer Schritt, und ich nehme an, sie fürchtet sich. Überlebensinstinkt, Noel. Dieses Geheimnis habe ich ihr gelassen, denn es ändert augenscheinlich nichts an ihrer Treue, die sie mir all die Zeit bewiesen hat.« Er faltet die Hände im Schoß. Seine Augen funkeln. »Sie wünscht sich sicherlich nichts sehnlicher als den Tod ihres Vaters.«

Mein Mund ist staubtrocken. Es kostet mich ungeheuerliche Kraft, seinem Blick standzuhalten. Es ist so seltsam, mit ihm darüber zu reden, ich weiß nichts darauf zu sagen.

Ihm ist bestimmt klar, dass Sam mich bereits eingeweiht hat, und es bringt nichts, wenn ich es jetzt leugne.

»Viel wichtiger ist aber, was ich dir eigentlich erklären wollte«, fährt Jon nun fort. »Ich habe dir erläutert, wie sehr Gefühle dein Urteilsvermögen vernebeln, dich schwach machen. Und deine Reaktionen in dieser Angelegenheit haben das bewiesen, ich habe mich regelrecht *geschämt* für dich«, in seinen Worten liegt eine grässliche Verachtung, bevor seine Stimme wieder einen verständnisvollen Ton annimmt: »Aber es gibt noch einen anderen Grund, warum du die richtige Entscheidung treffen musst. Früher oder später wird eure Verbindung zerbrechen. Ihr werdet keine Zukunft haben, und mit jedem Moment, den ihr länger miteinander verbringt, wird es euch schwerer fallen, wird euer Bund stärker werden. Und das möchte ich verhindern.«

»Warum das?«

»Langfristig gesehen, ist es das Schlimmste, was dir passieren kann. Deshalb.«

»Aber was …« Ich drücke mich leicht von meinem Stuhl hoch, und jetzt werde ich wütend, fühle mich langsam verarscht. »*Was* wird denn passieren?«

Jon zuckt mit der Hand, um mir zu verstehen zu geben, dass ich mich wieder setzen soll. »Noel«, sagt er geduldig. »Eure Verbindung wird zerbrechen, weil du mein Nachfolger werden wirst.«

Jetzt plumpse ich ganz von allein in den Stuhl zurück.

Mit allem habe ich gerechnet, mit einer weiteren Drohung, die Sam und mich voneinander fernhalten soll, mit irgendeiner fadenscheinigen Erklärung, aber das? Nie im Leben wäre mir so etwas in den Sinn gekommen!

»Ich weiß nicht, was ich sagen soll …«, beginne ich.

Wieso ich? Will ich das? Kann *ich das?*

»Deine Gefühle für Sam verbauen dir den Weg dorthin.« Jon redet einfach über mich hinweg, als wäre längst alles beschlossene Sache. »Hier in Favilla stört es niemanden, wenn ihr beide ein Paar seid. Keiner kennt Sams Geschichte. Aber wenn wir ans Tageslicht gehen, werden die Leute Sam wiedererkennen, und stell dir vor, was passiert, wenn wir den Thronfolger finden. Was wird er denken, wenn du ihm mit der Königstochter gegenüberstehst? Sie wird eine wichtige Rolle spielen in unserer Rebellion, da bin ich mir ganz sicher, aber an *deiner Seite*? So werden wir nie das Vertrauen des Thronfolgers gewinnen können. Und er ist alles, worauf wir setzen. Er wird dem Volk signalisieren, dass es an der Zeit ist, zu kämpfen. Er wird das Leuchtfeuer sein, das uns alle in den Krieg gegen den Tyrannen ruft.« Jon schüttelt kaum merklich den Kopf. »Er wird es nicht verstehen, und die Leute werden es nicht verstehen, wenn du mit der Tochter dieses Tyrannen zusammen bist. Statt Befreiern würden sie nur einen weiteren Feind in uns sehen.«

Ich öffne den Mund, sage dann aber doch nichts. Eine Weile starre ich wieder auf das Tuch hinter ihm an der Wand. Denke an das, was draußen auf uns warten könnte.

Aber noch komme ich nicht hinterher. Ich sehe mich nicht dort draußen, an meiner Seite ausgebildete Soldaten. Ich sehe mich nicht vor Menschenmengen sprechen oder eine Revolution anführen. Im Moment bin ich doch einfach nur hier. Hier in Favilla, wo auch Sam ist. Tonnen von Erde trennen uns von der Außenwelt.

Ich löse mich aus meinen Gedanken, sehe Jon an, der sichtlich zufrieden auf seinem Stuhl sitzt. Er ist derjenige, der mich die Wahrheit gelehrt hat, der mir gezeigt hat, dass ich mehr sein kann als ein Minenarbeiter. Und er sieht all das in mir.

Es schüttelt mich vor Kälte. Soll ich ihm nun einen besonderen Respekt erweisen? Danken?

Irgendwie müsste ich reagieren. Aber ich habe noch nicht mal das mit Sam verdaut.

Jon blinzelt. »Nimm dir ein bisschen Zeit, um darüber nachzudenken«, sagt er.

Natürlich sagt er das, er kennt mich. Er kennt mich *zu* gut.

Schließlich stehe ich auf und gehe zum Ausgang, meine Knie sind weich. Für heute habe ich nichts mehr zu sagen.

»Noel?«, spricht Jon mit ruhiger Stimme.

Ich bleibe vor der Tür stehen, ohne mich umzudrehen.

»Claire geht es gut.«

13

Favilla. Schlafzelle.

Ich bin ganz oben. Weit oben auf einem Hügel. Da sind Menschen. Sie haben einen Pulk gebildet. Zusammengeklebt zu einem Klumpen. Und sie gucken mich alle an. Tausend Augen. Frauen, Kinder, Männer – Lavismenschen.

Hinter ihnen die Königsburg. Der Rauch über den Türmen bildet sich zu seltsamen Formen, Greifenschwingen.

Ich will zu Lavis sprechen, öffne den Mund, aber es kommt nichts raus. Was ist los?

Ich huste, räuspere mich – meine Stimme ist weg. Aber ich hab doch die Wörter.

Sie murmeln. Schimpfwörter dringen zu mir.

Ich kann nur zusehen. Sie lachen über mich.

Meine Stimme ist einfach weg. Nur Jons Stimme dröhnt durch meinen Kopf. *Weil du mein Nachfolger werden wirst, weil du mein Nachfolger werden wirst, weil du mein Nachfolger werden wirst.*

Ich huste noch mal, würge. Grubenstaub kommt aus meinem Mund, vernebelt mir die Sicht.

Ich blinzle. Der Menschenpulk bewegt sich, teilt sich in der

Mitte. Schlagartige Stille, und dunkel ist es plötzlich auch. Als hätte man der Welt alles entzogen. Nur eine Farbe ist noch da: Blutrot.

Der Brennende König geht zwischen den Menschen hindurch. Er kommt näher. Und auf einmal sind die Leute weg. Nur er ist da.

Sein Umhang flattert im Wind. Sein Gesicht ist unter der Maske verborgen. Doch meines spiegelt sich in dem blanken Eisen, schaut mir entgegen. Ich erschrecke. Ich bin alt. Abgemagert. Knochenmehl liegt unter meinen Augen, riesig geschwungene Ränder.

Weil du mein Nachfolger werden wirst, weil du mein Nachfolger werden wirst.

Der Brennende König schreitet auf mich zu, aber er kommt nicht an. Er geht, aber erreicht mich nicht.

Dann greift er langsam in seinen Umhang. Seine Hände sind von ledernen Handschuhen aus Menschenhaut überzogen.

Er zieht etwas hervor. Das Zepter.

Die Träne darin leuchtet nun über ganz Lavis. Zu allen Seiten strahlen Lichtkegel aus, blenden in gleißendem Grün.

Ich brauche dieses Zepter. Ich will losrennen, doch um meine Füße sind Ketten geschlungen. Sie verschwinden im Steinboden.

Jemand schreit. Ich kenne dieses Schreien.

Melvin! Melvin!

Ich schreie zurück, aber mein Schrei bleibt in meinem eigenen Körper gefangen. Hallt von innen wider und hört sich an wie Jons Stimme.

Melvin rennt auf mich zu. Er streckt die Arme nach mir aus,

aber es sind Schlangen, die mir entgegenkommen. Riesige, grüne Schlangen, die aus seinen Armen wachsen. Sie klappen ihre Kiefer auf, kriechen zu mir. Es zischelt um meine Fußknöchel, dann meine Waden hinauf, hoch zu meinem Gesicht. Zischeln. In meinem Mund … darin fehlt ein Zahn.

Und der Brennende König sieht mir dabei zu.

Ich schrecke hoch, fasse an meinen Hals. Nur Schweiß. *Nur ein Traum.*

Ich sinke zurück. Mist!

Mein Atem rast, mein Herz ist ein einziger Sturm in meinem Brustkorb. Ich drehe den Kopf nach rechts. Melvin ist nicht da. Ich bin alleine in der Zelle. Es dauert eine Weile, bis ich mich beruhigt habe.

Im Waschraum bin ich der Erste. Der Dürre hat das Wasser schon aufgefüllt, aber die anderen schlafen wohl noch. Ich halte mich unnötig lange hier auf, warte, bis sich der Tag mit Leben füllt, bis endlich ein Schüler – Phil – durch die Tür kommt, mir einen Morgengruß entgegenwirft. Ich schöpfe kaltes Wasser aus dem Trog in meine Handflächen, wische mir über das Gesicht. Einmal, zweimal. Immer wieder, als könnte so die Albtraumstimmung verfliegen. Aber ich trage sie mit in den Tag.

Beim Frühstück kaue ich lange auf einem trockenen Pilz herum, starre die meiste Zeit auf meinen Teller, wie Sam.

Als sich nach dem Frühstück alle in Richtung der Unterrichtsräume aufmachen, würde ich am liebsten einfach sitzen bleiben. Ausgerechnet Gedankenunterricht.

Normalerweise kann ich das gut. Das Fokussieren. Für eine Weile bin ich dann wirklich weg. Der Kräuterduft und das schummrige Licht sorgen dafür. Rolands Schritte und seine tiefe Stimme. Und wenn ich dann die Augen wieder öffne, kann ich nie sagen, wie viel Zeit vergangen ist.

Aber heute ist mein Kopf blockiert, der Gedanke, mit geschlossenen Augen völlig wehrlos zu sein, schiebt sich vor alles andere. Wenn der Angreifer beschließt, heute wieder zuzuschlagen, könnte er hinter Rolands Rücken ganz in Ruhe seine Armbrust spannen, ich würde nur hören, wo der Schrei herkommt, nur hören, wie der Bolzen sich mit einem *Plock* in einen ruhig atmenden Brustkorb rammt.

Ab und zu schwirren noch die Bilder des Traums vorbei, *Grubenstaub, Melvin, Schlangen,* oder ich denke für einen winzigen Augenblick, der Brennende König steht hinter einem der Feuerkörbe und beobachtet uns durch die Flammen hindurch.

Die Zeit dehnt sich ins Unendliche, und zwischendurch bin ich fast davon überzeugt, diese Einheit wird wirklich niemals aufhören.

Dann endlich schnipst Roland am Ende des Stundenstrichs mit den Fingern. Nur klingt das Schnipsen viel zu laut, genau genommen – ganz nah.

Ich öffne die Augen und blicke auf Schuhe. Rolands Schuhe. Das Leder glänzt wie frisch poliert, keine einzige geplatzte Naht ist zu erkennen. Ich hebe den Kopf und blicke ihm ins Gesicht: giftig grüne Augen.

»Sitzen bleiben und warten, bis alle weg sind«, sagt er nur und rührt sich kein Stück, die Arme hat er vor der Brust verschränkt.

Ich nicke. *Was zum Henker will* er *jetzt von mir?*

Ich beobachte, wie sich manche der Schüler den Nacken

reiben oder sich strecken. Einige gähnen, und trotzdem haben sie es eilig, von hier zu verschwinden. Lennart bleibt noch einen Moment in der Nähe stehen, anscheinend will er auf mich warten, aber ein Blick von Roland genügt, dann tippelt auch er Richtung Ausgang.

»Ich möchte kurz mit dir sprechen«, sagt Roland. Jetzt, wo wir alleine sind, klingen seine Worte zwischen den hohen Wänden noch eindringlicher.

Ich richte mich auf, wir stehen dicht voreinander. Er ist groß, nur zwei Fingerbreit kleiner als ich.

»Hat sich Estelle auf der Reise seltsam verhalten?«, stellt er die erste Frage.

»Alles wie immer.« Ich schlucke, sehe zu den Feuerkörben. Über den Spitzen der Flammen, wo die Hitze nach oben steigt, sieht die Luft aus wie gewellt, und es wirkt, als wäre die Wand dahinter flüssig.

»Sie gehört zu deinen guten Freunden, richtig?«

»Richtig«, antworte ich.

Jetzt wandert sein Blick einmal mein Gesicht ab, belauert mich nahezu. Seine Hände sind immer noch verschränkt.

»Du warst heute unaufmerksam«, sagt er, jedoch klingt es eher nach einer Frage als nach einer Feststellung.

»Wenig Schlaf«, sage ich knapp. Ich mag sein Frage-Antwort-Spiel nicht. Er ist keiner, zu dem ich allzu ehrlich sein möchte.

Roland löst seine Hände und beugt sich ein klein wenig vor. »Ganze Leben, ganze Welten spielen sich bloß in Köpfen ab«, sagt er. »Ihr denkt, dort drin seien eure Gedanken sicher verborgen. Aber sie spiegeln sich auf euren Gesichtern wider.

Ich sehe deine Zweifel, weißt du.« Er reckt herausfordernd das Kinn beim Sprechen. Ich verziehe keine Miene. *Worauf will er hinaus?*

»Soll ich dir sagen, was ich glaube?« Sein Tonfall klingt nun furchtbar arrogant.

Mein Hals ist trocken. »Was?«

Kurz wartet er, scheint diesen Moment geradezu auszukosten. Ich widerstehe dem Drang, zurückzuweichen.

»Ich glaube, du würdest gnadenlos versagen, wenn du Favilla führen müsstest. Du hast nicht das Zeug dazu, zu tun, was im Ernstfall nötig ist.« Roland stößt verächtlich Luft aus der Nase. »Ich kenne Leute wie dich. Ich weiß, wie sie *denken.*« Und jetzt kommt er noch dichter heran. Ich weiche kein Stück von der Stelle.

»Du bist weich.« Er flüstert die Wörter klar und deutlich, und für einen Moment blitzt ein violetter Schimmer wie ein winziger Ring um seine Iris auf.

Ich runzle irritiert die Stirn. Er verschließt die dünnen Lippen zu einem kurzen Lächeln, dabei verzieht sich die Narbe über seinem Mund zu einer krummen Linie. »Hast du etwa nichts dazu zu sagen?«

»Oh doch«, antworte ich. »Ich glaube, Jon weiß ganz genau, was er tut, und wenn er mich als seinen Nachfolger haben will, dann wird es gewiss das Richtige sein. Oder *zweifelst* du etwa an ihm?«

»Ha!«, lacht er freudlos auf. »Dann wünsche ich dir viel Erfolg.«

Schließlich kehrt Roland einfach um und geht davon, und ich könnte kotzen. Diese ekelhafte Arroganz!

Die Türen fallen hinter ihm zu. Einen Moment stehe ich alleine hier. Auf den Flammen im Marmorboden. Genau im Mittelpunkt der Halle.

Und obwohl ich es nicht will, beschäftigt mich der Gedanke doch: Würde jemand wie Roland mir folgen? Jemand wie *er*? Sind mir Lehrende zur Loyalität verpflichtet, nur weil Jon das sagt?

Er würde sein eigenes Ding machen. Er kann mich nicht ausstehen, offensichtlich.

Ach komm schon, Noel. Niemals würde er mir folgen. Er wäre der Erste in meinem Traum gewesen, der das verächtliche Gemurmel in der Menschenmenge angezettelt hätte.

14

Favilla. Krankenstation.

Das Melvin-Grinsen springt mir sofort entgegen, als ich die Tür zur Krankenstation öffne. Liv hat mir schon erzählt, dass er das Fieber endlich überstanden hat.

»Hey, Großer!«, begrüßt er mich. »Da schickt Jon endlich mal jemanden in ein anderes Land, und ich kann nicht mit.«

»Ein paar Stunden wach, und schon beschwerst du dich, oder wie?« Ich drücke ihn einmal vorsichtig, bevor ich mich neben ihn setze. »Du hast wirklich gefehlt.«

»Ich weiß«, sagt er und zeigt mir immer noch die obere Zahnreihe. »Was hab ich verpasst?« Er verzieht das Gesicht. »Bis auf die schlechten Neuigkeiten von eurer Reise, die hat man mir gleich als nette Begrüßungsgeschichte erzählt.«

Ich hole einen Maiskolben aus meiner Hosentasche, zwar sieht er etwas zerdrückt aus, schmeckt aber bestimmt noch. »Habe ich dir aufgehoben.«

Melvin dreht den Maiskolben einmal in den Händen, begutachtet die Blätter, die sich an der oberen Spitze bereits abschälen.

»Was ist das? Hast du mir Blumen mitgebracht?«

»Nein, noch viel besser. Es ist was zum Essen, es heißt Mais.«

»Nicht giftig?«, fragt er gespielt zweifelnd.

»Nicht giftig«, sage ich und lache.

Er beißt genüsslich hinein. Kaut langsam. »Ich liebe dich, Noel«, sagt er dann mit vollem Mund.

»Wird es wieder?« Ich deute auf seine verbundene Hand. Der Geruch der Kräuterpaste hängt im ganzen Raum.

»Das restliche Gift müsste ich ausgeschwitzt haben. Jon will trotzdem, dass ich noch eine Nacht länger zur Beobachtung bleibe.« Melvin verdreht die Augen. »Auch wenn das heißt, dass ich stattdessen wahrscheinlich einfach vor Langeweile sterbe.«

»Da wäre ein exotischer Schlangenzahn schon der bessere Abgang, was?«, sage ich und lächele matt.

Nachdem ich ihn auf den neuesten Stand gebracht habe, was die Würfelspielstatistik und die aktuellsten Informationen aus dem Zirkel angeht, erzählt er mir von einem seiner verrückten Fieberträume, irgendetwas von sprechenden Wildschweinen und wandernden Bäumen.

Aber so sehr ich mich auch anstrenge, ihm zu folgen, meine Gedanken verlieren sich doch wieder, und letztlich landen sie immer bei Jon gestern im Zirkelraum.

Ich soll sein Nachfolger werden. *Claire geht es gut.*

Seine Nachforschungen, Sams Identität, warum rückt er erst jetzt mit alldem heraus? Immer wieder enthält er uns Informationen vor. Wovor fürchtet er sich? Ist es wirklich nur eine Strategie? Oder steckt etwas anderes dahinter?

Er ist sehr klug, das steht fest, und auch Emma, die ihn schon ewig kennt, hält viel von ihm.

Aber wie kann ich wissen, was er noch alles verschweigt? Was er noch plant?

»Melvin, du bist doch schon viel länger im Zirkel als ich«, sage ich, als dieser seinen Monolog beendet hat.

»Mhm«, macht er und knabbert die letzten Maiskörner vom Kolben.

»Weißt du, was mit den Schülern passiert, die verschwinden? Und warum verraten die Nichtzirkler, die ausgetauscht werden, Favilla eigentlich nicht?«

Plötzlich hört Melvin auf zu kauen. Er legt den Maiskolben weg. »Wie kommst du denn jetzt darauf?«

Ich zucke mit den Schultern, warte auf eine Antwort.

»Ganz ehrlich?«, sagt er.

Ich nicke.

»Ich habe keine Ahnung«, flüstert er.

»Wie, keine Ahnung?«, frage ich weiter. »Hast du dir denn nie Gedanken darüber gemacht?«

Er quetscht mit der Zunge letzte Essensreste aus seinen Zähnen. »Das fragst ausgerechnet du mich? *Du* und Jon seid doch beste Freunde.« Er lacht, aber ich lache nicht mit.

Melvin schluckt. »Na gut«, sagt er schließlich, diesmal ernst. »Weißt du, Jon hat uns immer alle mitgerissen. Seine Worte haben dieses Feuer in uns entfacht, das du bestimmt auch kennst. Ich meine … keine Ahnung … wir alle hatten unser Leben lang gelernt, nie etwas infrage zu stellen, dann kam Jon und schenkte uns so viele Antworten.«

»Ich verstehe«, sage ich und nicke.

»Das klingt jetzt vielleicht bescheuert, aber Jon hat mir etwas gegeben, wofür ich kämpfen kann. Und es war eben von Anfang an seine Taktik, nicht alles preiszugeben, und damit war ich zufrieden. Ich habe immer darauf vertraut, dass er das Richtige machen wird.«

»Und tust du es jetzt noch?«

»Noel, worauf willst du hinaus?«

Ich seufze. *Wird Jon denn wirklich das Richtige tun? Und glaubt Melvin tatsächlich noch immer, was er da sagt, nach allem, was passiert ist?*

Ich streiche nachdenklich über die Stellen an meinem Handgelenk, genau da, wo die Fesseln in meine Haut geschnitten haben. »Dieses Schlangengift in den Handschuhen sollte Jon gelten. Was, wenn jemand einen guten Grund hätte, ihn tot sehen zu wollen? Und ich rede dabei nicht von den Männern des Königs.«

»Du denkst …« Melvin senkt die Stimme und beugt sich etwas weiter zu mir herüber. »Du glaubst also, jemand aus Favilla steckt dahinter?«

Plötzlich schwingt die Tür der Krankenstation auf.

Wir zucken wie ertappt zusammen, aber es ist nur Lennart, der hereinplatzt, völlig außer Atem. Er schenkt mir lediglich einen flüchtigen Blick, dann geht er auf Melvin zu. »Tut mir so leid«, murmelt er. »Tut mir echt voll leid.«

»Schon okay, Meisterschütze«, sagt Melvin und deutet in der Luft einen Kumpelklopf an. »Du verrätst mir deinen Trick beim Würfelspielen, und wir sind wieder quitt.«

»Ich wollte das wirklich nicht, das war alles meine Schuld«, sagt Lennart, immer noch keuchend.

»Warum bist du denn so aus der Puste?«, frage ich, als er sich auf einen der Steinquader neben uns setzt. Ein unangenehmer Schweißgeruch dringt zu mir rüber.

»Bin wieder die Gänge abgelaufen«, sagt er und reibt sich den Nacken. »Ich bin mir jetzt sicher, dass ein System dahinterstecken muss und dass die Luftströme im Zusammenhang mit den Wanderbewegungen der Höhlenkäfer stehen.«

Lennart bemerkt den amüsierten Blick, den ich mit Melvin tausche. »Nein, wirklich.« Er fuchtelt mit den Händen und zeigt an die Decke. »Die Luftströme sagen so viel. Man könnte durch sie vielleicht weitere Eingänge entdecken und womöglich sogar herausfinden, wie hier jemand reinkommen konnte.«

»So was könntest du rausfinden?« Jetzt rutsche ich etwas näher an ihn heran.

»Möglich. Auf jeden Fall könnte man verhindern, dass Schüler sich in den Gängen verlaufen. Einmal ...«, Lennart reibt sich über die Nase und lacht komisch, »hab ich mich total erschrocken, weil ich einem blonden Jungen irgendwo in den hinteren Bereichen begegnet bin.«

»Willst du Jon nicht von deinen Systemen erzählen?«, frage ich ihn.

»Ja, schon. Aber er hört mir wahrscheinlich gar nicht zu.«

»Wieso nicht?«

»Weil er viel lieber dir zuhört«, sagt Lennart nüchtern.

Nach dem Ligenunterricht, Stichwaffen, schleppe ich mich in den Gemeinschaftsraum. Phil winkt mich zum Würfelspiel, aber ich scheide schon als Zweiter aus.

Ich bleibe noch sitzen und warte, bis die Partie zu Ende ist.

Für gewöhnlich verfolge ich den Spielverlauf bis zum Schluss genau mit, aber heute schaue ich abwesend im Raum umher.

Ein paar Schüler üben mit Holzschwertern, andere hocken vor der Feuerstelle und beobachten die Flammen oder quatschen.

Einmal zucke ich zusammen, als die Würfel auf den Steinboden klackern und Klara laut jubelt.

Seltsam. Lennart ist nicht da. Melvin ist nicht da. Estelle ist nicht da. Lucas ist nicht da.

Ich beobachte Phil, wie er den großen Pot in der Mitte mit den Unterarmen zu sich zieht und sich freut – er gewinnt so selten bei *Könige und Narren*.

Sam ist nicht da.

»Und, willst du?« Phil legt mir die Hand auf die Schulter.

»Entschuldige, was?«

»Die nächste Runde mitspielen?«

»Nein, danke«, sage ich und reibe mir die Augen, die vom Rauch brennen.

Claire ist nicht hier.

Ich stelle mir vor, wie sie gerade auf dem Heimweg ist und Muster in den Staub malt, der sich auf ihrer Kleidung angesammelt hat. In den Minen sieht man ihn meist nicht, erst draußen werden einem diese Dinge bewusst. Das Gesicht ist dreckiger, die Füße schwerer.

Wenn ich sie fragen würde, ob ich wirklich Jons Nachfolger werden soll, dann würde sie mir eine ganz simple Antwort geben. Sie würde vielleicht lachen und fragen: *Wieso?* Oder nicken und sagen: *Wieso nicht?* Oder fragen, ob *ich* das denn überhaupt will.

Egal, was sie sagen würde: Ich bin mir sicher, es würde irgendwie helfen.

»He!« Kyara steht auf einmal vor mir und winkt mich zu sich hinter die Brunnensäule, dort sind unsere Stimmen für die anderen gedämpfter.

»Weißt du schon, wie es jetzt weitergeht? Du hast doch Jon von dem toten Wissensverwalter erzählt.«

»Ja«, sage ich. »Habe ich.«

»Und?«

Ich starre unverwandt auf ihre Zöpfchen, die von der Stirn aus nach hinten über ihren Kopf laufen, dieses komplizierte Flechtmuster. Claire wäre sicher ganz begeistert davon.

»Erst mal passiert gar nichts«, antworte ich und stelle mir dabei vor, wie Claire wahrscheinlich einfach Kyaras Haare betatschen würde. »Jon ist die Situation hier in Favilla noch zu undurchsichtig, um neue Schritte einzuleiten.«

Kyara hebt ungläubig die Augenbrauen. »Das kann doch nicht sein Ernst sein!«, sagt sie empört, fast einen Tick zu laut, und reißt mich damit aus den Gedanken. »Das verstehe ich nicht.«

»Was verstehst du nicht?«

»Na, wieso suchen wir nicht weiter nach den Phönixtränen?«

»Solange er nicht weiß, wer es hier auf uns abgesehen hat, ist es ihm zu riskant.«

Sie pfeift genervt Luft durch die Zähne, dann klatscht sie die Hand neben mir gegen die Brunnensäule. »Wir ziehen uns also nur aus Angst zurück.«

Sei nicht albern, Noel, höre ich Jons Stimme plötzlich in meinem Kopf.

Was aber, wenn *er* albern ist?

Ich gebe schon dieselben Antworten, die er mir gibt. Aber was halte ich überhaupt von ihnen?

»Alles in Ordnung?« Kyara legt den Kopf schräg und mustert mich.

»Bin nur müde«, murmle ich und starre ausweichend zur Feuerstelle. »Entschuldige mich«, sage ich dann und befreie mich von der Brunnensäule.

Ich laufe davon. Ich muss mich sammeln. Im Kopf klar werden. Laufe so lange weiter, bis ich in einem dunklen Gang stehen bleibe. Genau weiß ich nicht, wo ich gerade bin. Aber hier ist es ruhig.

Melvin hat es gedacht. Kyara hat es gesagt.

Ich bin nicht der Einzige, der Zweifel hat. Ich weiß, dass Jon ein sehr kluger Mann ist, daran würde ich niemals zweifeln, niemals. Ohne ihn gäbe es gar keine Hoffnung mehr für Lavis. Aber was, wenn sein Denken doch getrübt ist von alten Mustern, eingebrannter Vorsicht?

Wenn er diesmal nicht das Richtige tut?

Ich soll sein Nachfolger werden und weiß nicht einmal, ob ich noch hinter seinem Verhalten stehen kann.

Was würde ich tun, wenn ich an seiner Stelle wäre? Wenn ich die Macht hätte, den Zirkel zu leiten, wären wir dann überhaupt noch hier?

Wir könnten uns rüsten. Wir könnten alle zusammentrommeln, die wir für einen Aufstand brauchen. Wir würden einen Plan aufstellen, ins Königshaus einbrechen, das Zepter klauen und wären damit im entscheidenden Vorteil, um den Thronfolger und seinen Phönix auf unsere Seite zu holen, um dann den Brennenden König zu stürzen und dem Volk die Freiheit zu schenken.

Das müsste doch der Plan sein! Das und kein anderer.

Hätte nicht längst etwas geschehen müssen?

Mir ist auf einmal schwindelig, mein Kopf wie von Grubenstaub vernebelt. Die Fackel fünf Schritte weiter verschwimmt vor meinen Augen. Ein sich bewegendes Gelb im Dunkeln. Es dauert kurz, bis ich wieder scharf sehe. Vielleicht brauche ich nur ein bisschen Schlaf oder etwas mehr Flüssigkeit.

Ich muss einfach wieder einen klaren Kopf bekommen, das ist alles.

Ich kann nicht anders. Ich weiß, dass nur eine Person dieses ungute Gefühl in mir vertreiben kann.

Immer noch ist es, als würde ich innerlich erschrecken, wenn ich Sam erblicke.

Dort lehnt sie, vor Jons Zelle, ein Knie hat sie angewinkelt und den Fuß gegen den Steinpfosten gestützt.

Ihre Nähe zu suchen war das Einzige, was mir richtig schien. Ich verstecke mich in einer Grabnische.

Sie spielt mit dem Schwert in ihren Händen, fährt einmal mit dem Zeigefinger die Klinge nach und tippt vorsichtig auf die Spitze, als wolle sie testen, ob sie noch scharf genug ist, herausfinden, wie viel es braucht, bis sie Blut sieht.

Heute hat sie die Haare zu einem Zopf gebunden. So wirkt ihre Stirn noch viel höher. Sie trägt die Lederrüstung, ich kann sehen, wie sie sich über ihre Brüste wölbt, wie die silbernen Schnallen darauf im Schein der Wandfackeln funkeln.

Sam senkt den Kopf und betrachtet ihr Gesicht in der spiegelnden Klinge. Sie wiegt das Eisen leicht nach rechts und links, und dieser ganz bestimmte Ausdruck legt sich auf ihr Gesicht.

Er ist mir nur allzu vertraut. Wenn sie so schaut, dann meist, weil sie an ihr Leben im Königshaus denkt oder an ihre Mutter.

Und wenn dieser Blick sich in ihre Augen legt, würde ich sie am liebsten so lange in die Arme nehmen, bis all das weg ist und sie mich anlächelt. Ich würde alles für dieses Lächeln geben.

Was ihr wohl noch während dieser langen Wachen durch den Kopf geht?

Wie oft sie mich in Gedanken wohl verflucht oder ohrfeigt? Oder sich nach mir sehnt?

Würde sie mir die Klinge entgegenstrecken, wenn ich plötzlich vorstürme und sie leidenschaftlich küsse?

Oh, wie gerne würde ich das jetzt herausfinden.

Ich wische mir über den Mund.

Schüler verschwinden in Favilla, und niemand weiß, was mit diesen Leuten passiert. Ich könnte niemals zulassen, dass Sam eine von ihnen wird.

Ich schlucke schwer. *Es tut mir so leid, Sam.*

Jetzt sieht sie hoch und wirft prüfende Blicke in alle Richtungen. Ich presse mich noch etwas dichter hinter den Felsvorsprung. Sie darf mich auf keinen Fall entdecken.

Aber sie lehnt sich wieder zurück und zupft an der Haut um ihre Nägel herum.

Ich sollte verschwinden. Doch als ich einen Schritt nach hinten mache, knirscht ein Knochen unter meinem Schuh über den Boden. *Mist.*

Ich beschleunige meine Schritte und beeile mich, in Richtung des Sarkophags zu kommen.

»Was machst du hier?«

Ihre Stimme lässt mich zusammenfahren. Ich halte an. Als ich mich dann langsam umdrehe, steht sie direkt vor mir.

»Ich …« Unmöglich kann ich ihr die Wahrheit sagen. Unmöglich kann ich ihr sagen, dass wir nicht zusammen sein können, weil ich um ihre Sicherheit fürchte. Sie würde das nicht gelten lassen, sie würde nicht auf Jon hören, würde sagen, dass sie das Risiko gerne eingeht, ganz sicher.

Aber das könnte ich nie von ihr verlangen.

»Was soll das, Noel?«, fragt sie mit flacher Stimme. »Ich halte das nicht mehr aus. Ich hab die Scheiße satt!«

Ich reibe mit den Schuhen über den Stein. »Es ist kompliziert.«

»Dann erklär's mir!«, fährt sie mich an. Ihre Geduld ist eindeutig am Ende, und wenn ich nicht gleich eine Erklärung finde, bin auch *ich* am Ende.

»Scht!«, sage ich und werfe einen Blick über die Schulter, dann ziehe ich sie mit mir in die Nische. Hier stehen wir so dicht voreinander, dass sich unsere Körper fast berühren, Mist. Ihr Sam-Geruch ist viel zu stark.

»Erklär's mir«, wiederholt sie und funkelt mich an.

Ich atme einmal tief durch und widerstehe dem Drang, ihr Kinn zärtlich zu umschließen.

Und dann erfasst mich eine ganz schreckliche Ruhe.

Eine Klarheit, die alles andere ausblendet.

Wenn ich es ihr jetzt nicht sage, verletze ich sie später umso mehr. Wenn ich mich nicht an Jons Anweisungen halte, haben wir nur ein viel größeres Problem, ein lebensgefährliches Problem.

Ich spreche die Worte klar und deutlich: »Ich habe es geschafft, dir zu verzeihen. Ich konnte all deine Lügen vergessen, aber ich habe mich in etwas ganz anderem geirrt: in meinen Gefühlen. Es war die ganze Zeit eher so ein Beschützerding … wie bei meiner Schwester Claire. Das ist mir erst klar geworden, als ich in Akila war. Ich habe dort zwar viel an dich gedacht, ja, aber nicht aus Liebe, sondern weil ich mir Sorgen gemacht habe.« Ein letztes Mal hole ich tief Luft, um die schmerzlichste aller Lügen loszuwerden: »Ich liebe dich nicht. Und ich hätte es dir schon viel früher sagen sollen.«

Es ist, als hätte man jegliche Regung aus ihrem Gesicht gezogen. Obwohl wir so nah voreinanderstehen, kommt es mir plötzlich vor, als wäre sie weit weg, als würde sie an Farbe, an Leben verlieren.

»Du hast mir gesagt, du liebst mich.« Sie schüttelt den Kopf, ihr Kinn zittert. »Es ist keine zwei Wochen her, da hast du es mir doch gesagt …« Sie bricht ab.

Wortlos taumelt sie einen Schritt auf den Gang zurück, die Arme hängen schlaff an ihrer Seite. Ich wage es nicht, mich aus der Nische zu lösen, überhaupt irgendeine Bewegung zu machen.

Ihre kleine Gestalt bleibt regungslos zwischen den Fackeln stehen.

Ich setze einen Fuß vor und warte regelrecht darauf, dass sie anfängt, mich lauthals zu beschimpfen, sich auf mich stürzt und auf mein Gesicht einprügelt – ich würde mich nicht wehren. Aber nichts dergleichen geschieht, und das ist am allerschlimmsten.

Schritte.

Sam hört sie auch. *Der Angreifer?* Gleichzeitig ziehen wir unsere Waffen. Ich schließe zu ihr auf.

In Kampfhaltung stehen wir vor der Abzweigung, ich höre, wie die Schritte auf uns zukommen, spüre meinen Herzschlag pulsieren.

Aber um die Ecke kommt kein Angreifer gerannt, es ist Jon.

Noch im Laufen ruft er: »Sie sind hier!«

15

Favilla. Ebene Drei.

»Sie sind hier.«

Seine Worte fressen sich wie eine ätzende Flüssigkeit zu mir durch. *Sie?* Moment – es sind also zwei Angreifer oder mehr? Und wenn *sie* hier sind und Jon vor uns, warum hat Sam dann seine Zelle bewacht? Ich werfe einen Blick zur verschlossenen Tür. *Was geht hier vor sich?*

Jons Gesicht ist starr. »Schützt mich zu beiden Seiten.«

Wir sind sofort neben ihm. Sie werden Jon nicht kriegen, dafür werde ich schon sorgen.

Er steuert auf seine eigene Zelle zu, wir folgen dicht hinter ihm, die Waffen gezückt. Sam links, ich rechts.

Jon hämmert dreimal gegen die Steintür. Wir warten.

Mein Puls rast, ich werfe Blicke in alle Richtungen, bilde mir ein, die Schatten der Angreifer über die Wände wandern zu sehen, obwohl es nur unsere eigenen sind.

Wenige Augenblicke später öffnet Nikolai die Tür, neben ihm stehen Edwin und Finnley. Auch sie haben ihre Waffen gezückt.

»Sie haben Emma umgebracht«, sagt Jon nüchtern.

Es fühlt sich an wie ein dumpfer Schlag in die Magengrube, und der Schmerz breitet sich von dort in mir aus. *Nein, nein, das dürfen sie nicht.*

»Nikolai, geh und richte Theodor aus, er soll den Zirkel zusammentrommeln. Sofort. Edwin, Finnley, ihr bewacht die Tür«, befiehlt Jon den Lehrenden, dann dreht er sich wieder zu mir und Sam. »Ihr bleibt mit mir hier drin. Ihr werdet nicht von meiner Seite weichen, bis ich es euch sage.«

Wir nicken. Die Lehrenden brechen auf, und gemeinsam mit Jon betreten wir seine Zelle. Ich verschließe die Tür. Das Blut in meinen Ohren rauscht.

Der Raum ist etwa so groß wie zwei gewöhnliche Schlafzellen. Auch hier hat er ein Pult, Pergamente, Federkiel und mehrere Bücher, die sich neben dem schmalen Bett stapeln. Jon hat mir mal erzählt, dass er Tagebuch führt.

Ich weiß nicht, was ich erwartet habe, aber seine Zelle wirkt auf gruselige Art und Weise karg, unpersönlich.

»Jon …« Sam ist die Erste, die das Wort ergreift.

»Es sollte eine Falle sein«, erklärt er und lässt sich auf seiner Bettkante nieder, der Rücken krumm.

Was? Dann war Sam so etwas wie ein Ablenkungsmanöver? Ein Köder?

Mir wird ganz schlecht, ich stütze mich an der Wand ab.

»Ich war bei Emma, um nicht unbewacht zu sein, aber die Eindringlinge haben irgendwie davon Wind bekommen.« Jon fährt sich einmal über die kurzen Haare. »Sie haben es durchschaut, uns völlig überrumpelt. Emma hat sich ihnen entgegengestellt und mir die Flucht ermöglicht. Bevor ich die Zelle verließ, konnte ich noch sehen, wie einer der Vermummten ihr seine Klinge in die Brust rammte.« Er streicht das Fell auf seinem Bett glatt, seine Hand zittert, er stoppt in der Bewegung.

Emma hat ihm seit Jahren gedient. Sie hat so viel von ihm gehalten, immer zu ihm gestanden. Er war so etwas wie ein Vorbild für sie.

Ich weiß nicht, wohin mit mir, wohin mit der aufsteigenden Panik. Hilflos sehe ich Jon an, aber sein Gesicht verrät wie immer zu wenig.

Will er nicht ein paar Worte zu Emma verlieren? Ein *es tut mir leid?* Eine Träne?

Seine zittrige Hand zeigt mir zwar, dass es ihn nicht völlig kaltlässt. Aber ist es wirklich wegen Emma? Oder vielmehr doch, weil er Angst um sich selbst hat?

Ich stelle die Frage ganz vorsichtig. »Was hast du vor, wenn alle Zirkler hier sind?«

»Wir durchkämmen Ebene Drei«, sagt er. »Irgendwo hier müssen sie sein.«

Ich nicke. Danach warten wir schweigend. Sam und ich rühren uns kein Stück. Ich bleibe vor der Tür stehen, sie vor Jons Pult.

Ein einziges Mal treffen sich unsere Blicke, nur damit wir beide schnell wieder wegsehen.

Das Knistern der Fackeln klingt hektisch, scheint die Unruhe, die in der Luft liegt, noch zu unterstreichen.

Es ist eine Stimmung, als wäre der Krieg hier unten ausgebrochen. Und wir haben ihn heraufbeschworen.

Auch Jon hängt seinen Gedanken nach. Wie er so dasitzt, in gebeugter Haltung, die Schultern nach vorne gesackt, kommt er mir plötzlich schrecklich alt vor.

Wieso sagt er nichts? Wieso tüftelt er nicht mit mir zusammen an einem Plan? Ist es, weil Sam mit im Raum ist? Ist jetzt irgendetwas anders, seit er mir gesagt hat, ich solle sein Nachfolger werden?

Es dauert nun nicht mehr lange, bis alle unten sind, bis der Dürre zweimal gegen die Tür klopft und uns wieder aus dem Raum befreit.

Wir haben uns vor Jons Zelle versammelt, alle Lehrenden, der Dürre, der Zirkel und sogar Benjamin und zwei weitere Begrabene.

Jon teilt uns ein, indem er mit dem Finger nacheinander auf uns zeigt und mit gepresster Stimme den Bereich nennt, den wir abdecken sollen. Alles muss jetzt ganz schnell gehen.

Die Lehrenden durchsuchen die Einzelzellen und die Gänge in Richtung der Verliese, Lennart, Kyara, Callan und Moa schickt er in den südöstlichen Bereich hier in der Nähe. Sam muss bei ihm bleiben.

Liv und Ellinor sowie Melvin und ich durchkämmen in Zweiergruppen alles in Richtung Nordwesten.

Mit den Waffen voran schleichen wir in die Dunkelheit. Melvin zündet sich eine Fackel im Gang an.

Wir reden kein Wort. Nur feine Steine reiben unter unseren Schuhen. Der Boden in Ebene Drei wirkt viel körniger, unbearbeiteter als der in den anderen Ebenen. Wir lauschen dem Knirschen. Bevor wir in andere Gänge abbiegen, geben wir uns gegenseitig Rückendeckung.

Plötzlich befinden wir uns in einem breiteren Gang. Der Lichtkreis unserer Fackeln reicht nicht ganz an den Wänden hoch. Ich warte nur darauf, dass ein Schattenkämpfer sich auf uns stürzt, dass ein Bolzen, eine Schwertklinge aus der Finsternis auf uns zuschießt.

Ich will mir nicht vorstellen, wie die Waffe in Emmas Körper eingedrungen ist, was wohl die letzten Gedanken gewesen sein müssen, die ihr durch den Kopf gingen. Wie sie jetzt leblos in ihrer Zelle liegt, wahrscheinlich immer noch auf dem Boden.

Angestrengt versuche ich, mir die Wege einzuprägen. Sie sehen alle gleich aus, nackt. Nicht mal Totenschädel oder Knochen liegen herum.

Je weiter wir uns vorankämpfen, desto weniger glaube ich daran, hier auf die Vermummten zu treffen.

Und bei allem, was gerade geschieht, ist es ausgerechnet Sam, die jetzt wieder meine Gedanken beherrscht. Ihr eingefrorenes Gesicht schält sich aus der Finsternis vor mir.

Ich habe sie für immer verloren. Es ist so weit. Jetzt kann ich nicht mehr zurück. Diese Endgültigkeit ist kaum auszuhalten. Sam, mein Mädchen … nicht mehr.

Auf einmal hält Melvin an. Ich stoppe ebenfalls.

Wir lauschen.

Aber ich höre nichts, nur das Knistern von Melvins Fackel.

»War da etwas?«, frage ich.

»Ich bin mir nicht sicher«, flüstert Melvin.

Wir verharren noch kurz, dann setzen wir unseren Weg fort. Keine Spinne, kein Höhlenkäfer, nichts. Ebene Drei ist ein einziges totes Gebilde aus Stein.

Irgendwann wird die Felsdecke über uns niedriger, sodass ich mich ducken muss, um vorwärtszukommen. Ich schätze, wir haben bald das Ende des Ganges erreicht.

Und da bleibt Melvin auch schon stehen. Vor uns befindet sich eine Wand, in der sich lediglich auf Hüfthöhe ein schwarzes rundes Loch auftut. Er leuchtet mit der Fackel hinein. Es sieht aus wie eine kleine Höhle.

Melvin sucht über seine Schulter meinen Blick. »Durch?«

Wenn die Eindringlinge ein Versteck gefunden haben, dann müssen wir es aufspüren. Jon will jeden Winkel von Ebene Drei durchkämmen lassen, also auch einen Tunnel wie diesen. Ich nicke.

Melvin kniet sich auf alle viere, er krabbelt voran. Die Enge verschluckt das Licht seiner Fackel beinahe vollständig. Ich krabbele in der Schwärze hinterher, höre nur das Reiben des Leinens auf dem Boden, spüre die Gesteinsdecke über meinen Rücken kratzen. Immer hektischer ziehe ich die stickige Luft durch die Nase, spitze Kanten schürfen meine Hände auf.

»Kannst du ein Ende erkennen?«, frage ich.

»Noch nicht.«

Wir zwängen uns weiter durch den engen Tunnel. Nach hinten sind wir viel zu ungeschützt; wenn uns jemand folgen würde, müsste er nur nach meinen Füßen greifen, die Sehnen kappen.

Irgendwann stoppt Melvin. »Scheiße«, flucht er. »Sackgasse!«

Ich seufze.

»Als hätte hier einfach jemand aufgehört zu graben.« Er tastet den Fels vor sich ab. Ich höre die poröse Steinschicht abbröckeln. Wir sollten umkehren, bevor wir noch irgendetwas zum Einsturz bringen.

Allerdings ist es viel zu eng, um sich umzudrehen, wir fangen an, rückwärts hinauszukrabbeln. Auf einmal ist mir jeder Moment hier drinnen einer zu viel. Und ich sehe, wie Melvin sich vorsichtig meiner Geschwindigkeit anpasst, höre, wie auch sein Atem immer flacher geht.

Endlich zurück im Gang, klopfen wir den Staub von der Hose.

»Das ist doch sinnlos«, schimpft Melvin. »Ich verstehe Jons Taktik nicht, die Vermummten könnten schon längst durch die Sarkophage geflüchtet sein.«

»Vermutlich ist danach Ebene Zwei dran«, sage ich.

»Und du meinst, so kriegen wir sie wirklich? Wenn sie wussten, dass Jon seine Zelle vertauscht hatte, kennen die sich hier aus.«

»Aber alle Ausgänge sind bewacht.«

»Und was, wenn sie sich gar nicht vor uns verstecken?« Melvin wischt sich einmal übers Gesicht. »Wenn du recht hast, dann sind unter denen, die Jon gerade losgeschickt hat, vielleicht genau die, die er eigentlich sucht. Woher sollen wir das schon wissen?«

Wir sind die Ersten, die sich wieder vor Jons Zelle einfinden, kurz nach uns kommen Kyara und Lennart an. Sie setzen sich neben uns auf den Boden.

»Nichts«, sagt Lennart. »Nicht mal ein Höhlenkäfer.«

»Bei uns auch nicht«, sage ich.

Eine Weile bleibt es still, durch Jons Tür dringt kein einziger Laut. Reden die da drinnen? Geht Jon im Raum auf und ab? Oder schweigen Sam und er sich an?

In der angespannten Wartehaltung hat es beinahe etwas Beruhigendes, als Lennart beginnt, vor sich hinzubrabbeln. Allerdings kann ich mich nicht richtig auf seine Worte konzentrieren, ich kann nicht einen Moment die Steintür aus den Augen lassen.

»Lennart, du solltest auch nach den Vermummten suchen und nicht nur nach den Käfern«, weist ihn Kyara jetzt etwas lauter zurecht.

»Ja, aber anhand der Höhlenkäfer und der Luftzüge hätten wir doch ein System aufstellen können, das sicherstellt, dass wir auch wirklich alle Gänge beachtet haben. Wir müssten nicht mal alles einzeichnen. Als ich damals mitten in Ebene Eins dem blonden Jungen begegnet bin, konnte ich ihm auch sagen, wo es langgeht. Ohne Karte, nur mit System.«

Lennart spricht seit Tagen von seinen vielen Beobachtungen, und die meiste Zeit höre ich nicht so genau hin, aber ich meine mich zu erinnern, dass er schon mal von diesem Jungen erzählt hat.

»Was für ein blonder Junge denn eigentlich?«, hake ich nach und löse endlich den Blick von Jons Zellentür.

»Keine Ahnung, der stand da einfach plötzlich vor mir. Es war noch ein anderer dabei, aber von dem habe ich nicht viel gesehen. Hatten sich verlaufen, meinte er.« Lennart zuckt mit den Schultern.

»Wer?«, fragt Melvin. Offensichtlich ist jetzt auch sein Interesse geweckt.

»Ich weiß nicht, wie er heißt. Solange wie ihr bin ich schließlich noch nicht in Favilla.«

Ich reibe mir die Schläfen. »War es Finn?«

»Nee, den kenne ich.«

»Kai?«, fragt Melvin.

Lennart schüttelt den Kopf. »Nee, der auch nicht.«

»Maxim, Nate oder Raul?« Ich gehe alle Jungs mit hellen Haaren in Favilla durch, die ich kenne, aber Lennart schüttelt immer wieder den Kopf, mit jedem Mal ein bisschen entschiedener.

Ich schaue Melvin nachdenklich an. »Fällt dir noch jemand ein?«

»Nein, aber wenn ein Neuer da wär, wüsste ich das auch«, sagt er, dann wendet er sich wieder Lennart zu. »Wahrscheinlich siehst du Gespenster.«

Lennart zuckt wieder mit den Schultern.

Und dann springe ich auf, weil es plötzlich ganz klar ist, weil es eine Erklärung für all das gibt.

»Nein, keine Gespenster! Das sind die Eindringlinge!« Ich fahre mir aufgeregt durch die Haare. »Sie sind seit dem ersten Anschlag nie rein- oder rausgekommen. Aber es ist auch niemand aus Favilla selbst. Sie waren die ganze Zeit hier.« Ich zeige hektisch mit dem Finger auf den Boden. »Sie müssen sich in den Gängen versteckt haben … Sie verstecken sich wahrscheinlich noch immer dort.«

»Was willst du damit sagen?«, fragt Melvin.

»Na ja, wir …«

Kyara krallt ihre Finger auf einmal in meine Hose und zieht fest daran, damit ich mich wieder auf meinen Platz setze. Sie deutet mit dem Kopf nach rechts. Nikolai und die anderen Lehrenden kommen zurück. Roland wirft mir einen feindseligen Blick entgegen.

Wir verstummen.

Aber meine Gedanken toben noch. Das ist es!

Deshalb konnten sie auch Jons Falle durchschauen, deshalb wussten sie, dass Sam nur ein Ablenkungsmanöver war. Sie konnten uns die ganze Zeit beschatten. Ich muss Jon gleich davon berichten.

Die restlichen Suchenden sind nun auch zurück, der Dürre klopft gegen Jons Tür. Kurz darauf öffnet Sam sie, und der Internatsleiter tritt vor uns.

Er zögert nicht lange. »Hat irgendjemand Spuren entdeckt?«

Es bleibt still, die Gesichter ernst.

»Habt ihr jeden einzelnen Winkel abgesucht? Jede noch so kleine Nische?«, will er wissen.

Nicken.

Jon zieht die Luft ein, so lange, bis sich sein Brustkorb deutlich angehoben hat, dann atmet er beinahe entspannt wieder aus.

»Gut«, sagt er, und in seinem Gesicht zuckt es einmal. »Sehr gut«, wiederholt er.

Ein leises Raunen geht durch die Reihen. Und auch ich bin irritiert. *Sehr gut? Was soll daran gut sein?*

»Wir schotten Ebene Drei ab«, sagt Jon nun. »Vorräte sind genug da. Wir bewachen die Ausgänge und die Wohnbereiche.«

Hier ausharren? Ist das sein Ernst?

Ich blicke in die Runde, aber keiner scheint Einspruch erheben zu wollen. Die ersten vier Lehrenden machen sich sogar schon auf den Weg zum Wachposten.

Sie leisten ihm einfach Folge.

Sie tun, was Jon sagt, ohne es zu hinterfragen.

Aber in mir baut sich etwas bedrohlich auf, es schwillt an und an und an. Jemand muss doch wenigstens etwas einwenden!

Ich trete einen Schritt auf Jon zu. »Können wir kurz miteinander sprechen?«, frage ich.

16

Favilla. Ebene Drei. Jons Zelle.

Kaum hat Jon die Tür hinter sich geschlossen, macht er halt. Konzentriert prüft er die Verschlüsse seiner schwarzen Rüstung. Ich stehe ihm mit zwei Schritten Abstand gegenüber.

Er legt den Kopf leicht schräg. Das Grau in seinen hervorstehenden Augäpfeln schimmert.

»Du willst mit mir sprechen?« Seine Stimme klingt kein bisschen nervös. Er sieht einfach aus wie immer. Ich merke, wie sich einzelne Haare auf meiner Kopfhaut aufstellen.

»Sie waren die ganze Zeit hier. Sie waren nie weg!«, platzt es nun aus mir heraus. Aufgeregt beginne ich, ein paar Schritte im Raum hin und her zu laufen. »Es ist niemand von uns, kein Lehrender, kein Schüler, kein Begrabener, es ist niemand aus dem Internat.«

Jon hebt leicht die Brauen, als warte er darauf, ob noch mehr kommt. Will er denn gar nicht fragen, woher ich das weiß?

»Ich habe eine Idee, wie wir sie kriegen, Jon.« Jetzt bleibe ich stehen, um meinen Worten Nachdruck zu verleihen, aber er wirkt keinesfalls beeindruckt.

»Ich habe meine Entscheidung getroffen«, sagt er.

»Aber …« Ich stocke. Kurz fällt mir gar nichts ein. »Was ist mit den anderen? Was ist mit den ganzen Begrabenen und den Schülern in Ebene Eins und Zwei?«

»Ich habe doch den Zirkel hier«, sagt er mit derselben Ruhe wie zuvor.

»Jon!« Ich gehe näher auf ihn zu. »Wenn die Eindringlinge noch da oben sind, wer weiß, was sie vorhaben! Die meisten Schüler sind nicht mal bewaffnet, sie wären ihnen hilflos ausgeliefert!«

Er schweigt. Wieder fühle ich mich in die Bibliothek kurz nach dem Wassereinbruch zurückversetzt. Es war damals die gleiche Diskussion, die wir geführt haben. Nur dass es dabei um Lennart ging. Es ging um *eine einzige* Person, die er hätte sterben lassen, das war schlimm genug. Aber diesmal sprechen wir von einem ganzen Internat, verdammt!

Von mehreren Dutzend unschuldigen Schülern und noch mal fast genauso vielen Begrabenen, deren Leben aufs Spiel gesetzt wird.

»Sie haben für dich gearbeitet, sind bis an ihre Grenzen gegangen. Das kannst du ihnen nicht antun«, sage ich.

»Das spielt keine Rolle, wir kämpfen für etwas, das über sie hinausgeht, das hast du immer noch nicht verstanden.«

Ich glaube einfach nicht, was ich da höre.

»Nein!«, schreie ich jetzt. »*Du* hast es nicht verstanden, *du* bist hier derjenige, der überhaupt nichts versteht!« Ich spüre, wie das Blut in meinen Adern rauscht, wie es in mir brodelt. »Wir hätten längst aufbrechen sollen! Wir hätten weiter nach den Tränen suchen müssen, überlegen, wie wir an das Zepter rankommen. Aber du hast gar nichts gemacht!«

Jon verzieht noch immer keine Miene. Jetzt reicht es. Ich haue mit der Faust auf sein Pult, so fest, dass es wehtut und eines der Bücher von der Kante rutscht und auf den Boden knallt.

»Hier geht es doch gar nicht mehr um Heldentum oder Torheit!«, schreie ich. Mein Augenlid zuckt unkontrolliert. »Hier geht es darum, dass du zu feige bist, dich zu wehren. Du hast Angst, deshalb verkriechst du dich, so wie du es immer machst! Nur diesmal gehst du zu weit!« Mein Kopf ist ganz heiß, und in mir drin wühlt und wühlt es.

Und das alles wird noch schlimmer, weil Jon sich einfach immer noch nicht regt. Der kleine, beherrschte Mann mit den prüfenden Kugelaugen.

»Bist du fertig?«, fragt er mit ruhiger Stimme, blinzelt.

Ich starre ihn feindselig an, mein Brustkorb hebt und senkt sich heftig.

»Gut«, sagt er. »Dann hör mir jetzt sehr genau zu.« Er blickt auf seine Finger, streckt sie knackend und legt sie dann ineinander. »Du bist sehr leidenschaftlich, das ist gut. Aber du musst lernen, diese Leidenschaft zu kontrollieren. Ich höre mir deine Meinung immer gerne an, ich halte viel von ihr, und ich schätze es sogar, wenn du mir widersprichst. Aber wenn ich eine Entscheidung getroffen habe, dann habe ich eine Entscheidung getroffen. Und du darfst nicht vergessen, dass *ich* der Leiter dieses Internats bin und du dir mir gegenüber nicht alles erlauben kannst.« Seine Stimme nimmt plötzlich einen tieferen Klang an, wird irgendwie *düsterer.*

»So, wie du eben mit mir gesprochen hast, wirst du nie wieder mit mir sprechen. Du hast einen Punkt überschritten, den du kein zweites Mal überschreiten solltest, ich hoffe, das ist dir klar.« Er macht eine Pause, und ich merke, wie ich die Luft anhalte, dann redet er weiter. »Wir werden hier unten ausharren, kannst du das akzeptieren?«

Er würde sie einfach sterben lassen.

Er würde sie einfach alle sterben lassen.

Ich schlucke. Weiß nicht, wohin mit meiner Wut. Warte.

Schließlich öffne ich meine verkrampften Fäuste. »Ja«, sage ich ruhig und sehe ihm fest in die Augen. »Ja, ich akzeptiere es«, sage ich und versuche, das Zittern in meiner Stimme zu verbergen, denn in Wirklichkeit denke ich laut: *Nein! Nein, Jon, so etwas werde ich niemals akzeptieren können!*

Vielleicht ist *er* keiner, dem die Massen folgen, aber *ich* könnte es sein. Und ich habe einen Plan.

Jon mustert mich noch einen Moment, ich habe immer noch Gänsehaut. Dann endlich nickt er. Ich bin also entlassen.

Langsam gehe ich zur Tür, obwohl ich am liebsten aus der Zelle rennen und sie zuknallen würde.

Draußen laufe ich schneller. Vielleicht verhalte ich mich zu auffällig, aber es eilt.

Als Erstes suche ich Lennart. Er steht im Gang und inspiziert die Risse in der Wand vor einer der Lehrerzellen. Schnell ziehe ich ihn in eine ruhige Ecke.

Er guckt mich mit großen Augen an. »Was ist los?«

»Kennst du den Weg zu den Höhlenkäfernestern in Ebene Eins auswendig?«

»Du hörst mir nie richtig zu«, sagt er und schaut etwas verängstigt auf meine Hand, die sich immer noch in seinen Stoffärmel krallt. Ich lasse ihn los.

»Ich muss ihn nicht auswendig kennen. Ich muss nur meinem System folgen«, sagt er dann.

»Also würdest du sie finden?«

»Ja.« Er nickt.

»Gut!« Ich gebe ihm einen Kumpelklopf auf die Brust. »Sehr gut, Lennart, komm mit, wir müssen die anderen suchen.«

Wir dürfen jetzt keine Zeit verlieren. Zügig laufe ich vor, Lennart tippelt mir hinterher.

Melvin, der sich nur ein paar Gänge von uns entfernt aufhält, sammeln wir unterwegs ein. Die meisten Lehrenden sind in den Zellen oder in Richtung Lagerräume verschwunden, nur auf Benjamin treffen wir kurz. Er sieht uns misstrauisch hinterher, sagt aber nichts. Und im Zirkelraum gehen wir so selbstverständlich an dem Dürren vorbei, als hätte Jon uns geschickt.

Wir treten in die Grabkammer zum Sarkophag des Phönixwächters, wo Sam und Kyara gerade zur Wache eingeteilt sind. Lennart und Melvin setzen sich zu ihnen, ich bleibe stehen. Jetzt habe ich alle beisammen, die ich brauche.

»Was macht ihr hier?« Kyara löst sich von der Wand.

Sam neben ihr reibt sich die roten Augen. Sie muss kaum geschlafen haben die letzten Tage.

Ich räuspere mich. »Ich habe etwas mit euch zu besprechen, aber wir müssen leise sein.«

Die Gesichter meiner Freunde flackern im grünen Licht der Totenkerze. Ich habe ganz bewusst *sie* ausgewählt und keinen Callan, keinen Moa, keine Ellinor oder Liv. Nur diese vier kenne ich gut genug, um zu wissen, wie sie zu Jon stehen.

Einen Moment noch sammle ich mich, dann beginne ich

mit ruhiger Stimme zu sprechen: »Ich weiß nicht, wie es euch ging, aber als ich damals in den Zirkel gekommen bin, konnte ich es kaum fassen. Die Gemeinschaft, das Wissen, Jons mächtige Worte von Heldentum und Freiheit. Das alles hat meine ganze Welt verändert, *mich* verändert, als hätte mein gesamtes vorheriges Leben in einer Blase stattgefunden.« Ich sehe, wie Melvin kaum merklich nickt, Kyara mir aufmerksam in die Augen schaut.

»Heldentum. Freiheit. Von Kind an wurde uns beigebracht, zu tun, was andere befehlen. Es wurde uns eingetrichtert. Jag so viele Tiere, wie du kannst, sammle so viele Kräuter, wie du kannst, flicht, bis dir die Finger bluten, schlag auf Stein, bis du umfällst. Wir haben immer getan, was andere uns befehlen. Wir haben nichts infrage gestellt.

Favilla, allen voran Jon, hat uns aus diesem Gefängnis befreit, hat uns den Mut gegeben, unser bisheriges Leben und unseren Herrscher zu hinterfragen. Wir haben gelernt, Rechenaufgaben zu lösen, Buchstaben zu entschlüsseln, mit einer Waffe umzugehen.

Aber wie frei sind wir wirklich, selbst als Zirkler, wenn wir doch wieder nur Befehlen folgen? Und niemand spricht mit uns über die seltsamen Dinge, die hier immer wieder geschehen.

Wir verfallen in alte Muster, vielleicht sind wir ihnen nie entkommen, wir haben unser Ziel aus den Augen verloren.

Lucas ist im Wald verschwunden. Swen hat man nach seinem Ausraster nie wiedergesehen. Alexis ist weg. Johanna und so viele andere Nichtzirkler sind weg, und wir haben keine Ahnung, wohin.«

Selbst Sam nickt nun leicht mit dem Kopf, doch als sie bemerkt, dass ich sie ansehe, hört sie sofort damit auf. Ich rede unbeirrt weiter. »Wir wissen, dass Jon nicht zurückgetaucht wäre, um dich zu retten, Lennart.«

Lennart senkt betreten den Blick.

»Jon ist kein König. Er hat kein selbstgegebenes Recht auf Herrschaft. Er sollte unser Anführer sein, ein Vorbild«, ich komme einen Schritt näher an sie ran, »und er hat einen gewaltigen Fehler begangen, wenn er denkt, wir würden das ewig mitmachen. Denn eines hat er uns trotz allem beigebracht.« Ich mache eine kurze Pause, mein Herz trommelt nervös. »Er hat uns das Denken gelehrt.«

Stille.

»Jon würde uns nie alles sagen, nicht mal mir«, spreche ich weiter. »Was passiert mit den ausgetauschten Schülern, die als Sklaven in andere Länder verkauft werden? Warum verraten sie uns nicht? Warum hat keiner von ihnen Favilla jemals verraten? Das sind nur einige der vielen Fragen, die uns nicht beantwortet werden. Lediglich häppchenweise verteilt er die Wahrheit an uns. Was passiert hier in den letzten Wochen? Dass die Mission in Akila gescheitert ist, ist die eine Sache, dass wir jetzt nicht weitersuchen, eine ganz andere. Dass Angreifer es geschafft haben, in unser Internat zu kommen, ist die eine Sache, aber dass wir den Kampf mit ihnen scheuen, eine andere. Ihr seht doch auch, dass wir längst etwas hätten unternehmen müssen. Wir stehen kurz vor dem Durchbruch, aber plötzlich tut Jon gar nichts mehr. Nichts. Er verkriecht sich. Und zu lange haben wir dabei zugesehen.«

Ich sehe in ihren Gesichtern, dass ich sie mit meinen Worten erreiche. Kyara wirkt fast feierlich, ihr Kinn ist entschlossen nach vorne gerichtet. Melvin nickt immer wieder mit finsterer Miene, und selbst in Sams Gesicht passiert etwas.

Ich rede weiter, meine Worte kommen jetzt schneller: »Es reicht, es ist genug. Wenn er sich weigert, den Kampf zu suchen, dann sind *wir* diejenigen, die diese Aufgabe übernehmen müssen.« Ich warte, muss mich beherrschen, nicht zu laut zu werden, vorher Luft zu holen.

»Lennart hat einen blonden Jungen in den Gängen getroffen, der weder Lehrer noch Begrabener oder Schüler ist. Das kann nur eins bedeuten: Die Angreifer verstecken sich hier seit Tagen, um auf den richtigen Moment für eine Attacke zu warten. Und sie müssen sich von irgendetwas ernährt haben. Ein Einbruch in die Essenslager wäre jedoch aufgefallen. Lennart hat herausgefunden, wo sich die Höhlenkäfer ihre Nester bauen. Ich wette, dort können wir sie finden!«

Ich zeige an die Decke. »Da oben sind unsere Freunde. Unschuldige, ahnungslose Schüler und Begrabene. Wir können nicht zulassen, dass sie jetzt alle im Stich gelassen werden. Wir dürfen nicht zusehen, wie sie geopfert werden, nicht, wenn wir eigenständige Menschen sind, Menschen, die denken können.« Ich hole tief Luft durch die Nase. »Kommt ihr mit mir?«

Sie sitzen vor mir, im grünen Totenlicht eingefroren.

Ein Moment nach dem anderen verstreicht.

Dann drückt sich Melvin als Erster vom Sarkophag hoch. Seine blauen Augen schauen mich aufrichtig an. »Ich bin dabei, Großer.«

Kurz danach steht Kyara auf, verschränkt die Arme vor der Brust, nickt. Lennart folgt, sagt: »Ich auch.«

Sam sieht mich nicht an, sie richtet sich langsam auf, streicht eine Haarsträhne aus dem Gesicht, ihr Blick ist starr auf das Totenlicht gerichtet. »Machen wir sie fertig!«

17

Favilla. Ebene Zwei.

Ich fühle mich selbst wie ein Eindringling, während wir durch die Gänge schleichen, immer darauf bedacht, die Füße bloß nicht zu laut aufzusetzen, die Atmung möglichst flach zu halten.

Lennart geht voraus, er hält die Blendlaterne weit von sich gestreckt. Ich bin direkt hinter ihm, danach kommen Sam und Melvin, Kyara sichert nach hinten ab.

Die Gänge Favillas liegen so unberührt vor uns wie frisch aus dem Stein gebrochen. Diese Ruhe kommt mir trügerisch vor, als müssten schon hinter der nächsten Biegung Verwüstung und Geschrei auf uns warten. Aber jede Fackel steht noch senkrecht in der gleichen Halterung wie schon Tag um Tag zuvor. Die Totenschädel sind noch immer sorgfältig in den Wandnischen aufgeschichtet.

Kein Schüler bewegt sich durch die Gänge, um diese Zeit sind bereits alle Steintüren der Schlafzellen geschlossen, und niemand darf mehr hinaus.

Wir müssen die schmalen Treppen zu Ebene Eins hinauf, ich lasse die anderen vor. Als Sam an mir vorbeigeht, fasse ich nach ihrem Handgelenk. Verdammt, ich kann nicht anders, irgendwas muss ich sagen.

Sofort entzieht sie mir ihre Hand wieder. Mit einem Fuß auf der untersten Stufe, mit dem anderen auf dem Boden, hält sie inne und funkelt mich an. »Lass mich in Ruhe«, zischt sie.

»Bitte, hör mir doch zu, ich …«

»Ich hab dir schon genug zugehört. Für dieses Leben reicht es mir.« Ohne dass ich noch etwas erwidern könnte, rauscht sie an mir vorbei.

Das war keine meiner besten Ideen. In meiner Brust verschließt sich etwas. Ich habe meine klaren Worte für die beste Lösung gehalten, aber nichts konnte mich darauf vorbereiten, Sam so endgültig zu verlieren. Ich weiß nicht, warum mir der Gedanke ausgerechnet jetzt kommt, aber ich frage mich auf einmal, ob Jon wohl jemals einen Menschen wirklich geliebt hat.

Wie betäubt setze ich einen ersten Fuß auf die Treppenstufe. Ich darf jetzt nicht an Sam denken.

Fahrig reibe ich mir übers Gesicht. Oben bei den anderen angekommen, setze ich eine entschlossene Miene auf. So ist wohl das Anführersein. Es geht weiter. Es geht immer weiter.

Lennart tippelt voran und murmelt irgendwelche Reihenfolgen vor sich hin, Zahlen von Fackelhalterungen oder Senkgräbern, an denen er sich orientiert. Ohne auch nur einmal zu zögern, biegt er in einen Gang nach dem nächsten ab.

Wir sind an den Unterrichtsräumen Fünf und Sechs vorbei. Dahinter kommt nichts mehr, nur noch Ganglabyrinthe und irgendwann der unerschlossene Bereich.

Favilla verschlingt uns immer tiefer in sein Inneres, wo es mit jedem Schritt kälter wird und modriger riecht. Nicht nur nach dem Totenschädelgeruch, der uns inzwischen schon so vertraut ist, sondern nach etwas viel Älterem, Undefinierbarem.

»Noch zwei Biegungen«, murmelt Lennart, »dann bin ich mir nicht mehr ganz sicher, aber es muss eine Grabkammer sein, in der die Nester liegen.«

»Gut.« Ich bleibe dicht hinter ihm.

Zweimal biegt er kurz in einen Gang ab, kehrt aber gleich wieder um. Beim dritten Gang schließlich scheint Lennart sich sicher zu sein. Wir folgen ihm hinein, bis sich nach einigen Schritten ein größerer Steinbogen in der Wand vor uns auftut.

»Hier ist es!« Lennarts Insektenaugen leuchten im Schein seiner Blendlaterne. Er grinst verschwörerisch.

Der Raum ist etwa doppelt so groß wie unsere Schlafzellen, die Decke gewölbt wie die Hälfte eines riesigen Fasses. In der Mitte steht ein breiter Sarg, rechts und links davon hohe Kerzenständer, an denen Wachs bis zum glatten, mit viereckigen Platten ausgelegten Boden heruntergelaufen und zu huckeligen Strömen getrocknet ist. Rechts und links vom Eingang sind Nischen in die Wände eingelassen, sodass man von draußen diese Bereiche unmöglich einsehen kann.

Lennart hat gesagt, dass die Höhlenkäfer, wenn sie ihre Nester gebaut haben, nur wenige Stundenstriche bei Nacht rauskommen, das ist jetzt. Wir sind genau richtig.

»Verstecken wir uns«, sage ich. »Früher oder später werden sie hier vorbeikommen. Kyara, Lennart und ich hier«, ich deute mit dem Kopf nach links, »Melvin und Sam dort.« Ich zeige mit dem Finger auf die gegenüberliegende Nische. »Wenn wir seitlich vom Eingang stehen, können wir sie von hinten angreifen, sobald sie die Kammer betreten. Sie laufen uns direkt in die Falle.«

Die anderen nicken stumm, gehen in Position.

»Hier ist eins der Nester«, flüstert Lennart und zeigt zum Sarg. Ich beuge mich etwas näher heran. Lennart leuchtet nach unten. Kleine, bräunliche Hülsen liegen wie aneinandergeklebt auf den Platten, genau in der Rille zwischen Boden und Steinsarg haben sie sich niedergelassen. Insgesamt zähle ich zehn Stück davon.

»Sind das Eier?«, flüstere ich.

»Ja.«

»Wie lange brauchen die Käfer zum Schlüpfen?«

»Das muss ich noch herausfinden.«

»Scht«, mahnt uns Kyara. Sie deutet auf Lennarts Laterne. »Und mach die aus.«

Sie zieht uns ins Versteck. Einen Moment noch sehe ich Lennarts weiße Finger, wie sie ungeschickt an der Klappe herumfummeln, dann liegt die Grabkammer in vollkommener Schwärze.

Wir pressen uns in der Nische an die kühle, glatte Wand. Ich muss den Kopf einziehen, sodass schon nach kurzer Zeit mein Nacken zu schmerzen beginnt.

Immer wieder wird die Stille vom Krabbeln kleiner, gepanzerter Beinchen unterbrochen. Es ist kaum auszumachen, ob es ein einzelner Höhlenkäfer ist oder ob es gleich mehrere sind. Das tippelnde Geräusch erinnert mich an den Regen bei

Nacht, wenn ich im Minendorf im Bett lag. Unaufhörlich sind die vielen kleinen Tropfen aufs Dach über unseren Köpfen gerieselt.

Wir warten noch nicht lange, als erste Geräusche auf dem Gang zu hören sind.

»Ich glaube, da war etwas«, flüstert Kyara.

Keiner regt sich mehr. Jetzt kann ich deutlich Schritte hören, die von draußen näher kommen, gefolgt von kurzem Gemurmel. Unwillkürlich will ich die Hand um die Axt legen, aber wir stehen so eng beieinander, dass ich nicht rankomme.

Bitte, sie müssen es sein! Ich glaube kaum, dass irgendwelche Begrabenen oder Schüler so spät noch unterwegs sind. Vor allem nicht hier.

Mein Herz beginnt wilder zu schlagen, ich bereite mich innerlich darauf vor, gleich loszuspringen, gleich alles zu geben.

Die Schritte kommen noch näher, dann ein Flüstern. Es ist unmöglich, von hier aus etwas zu verstehen. Ich lege den Kopf schräg, um zu lauschen, und bewege mich dabei genau in ein paar Spinnenweben hinein. Sie kitzeln an meinem Kinn, haften an meinen Bartstoppeln, ich muss mich beherrschen, sie nicht hektisch wegzuwischen.

Ich halte die Luft an, lausche weiter. Aber plötzlich ist nichts mehr zu hören. *Zögern sie? Haben sie etwas bemerkt?*

Vorsichtig atme ich aus. Da legt sich der Lichtschein ihrer Fackel über den Sarg.

Wortfetzen dringen zu uns durch: … *hab ich doch gesagt … scht …*, mahnt ein anderer. Sie müssen direkt vor der Kammer stehen!

Jetzt nur stillhalten. Haltet bloß still!, flehe ich in Gedanken die anderen an.

Der Lichtschein der Fackel bewegt sich nun wieder, wird breiter, erhellt den Boden bis auf eine Handbreit Entfernung vor unserer Nische, mein Herz klopft.

»Riechst du es nicht?«, höre ich deutlich jemanden flüstern. Er steht nicht mal mehr zwei Schritte entfernt, ich kann sogar hören, wie der andere jetzt mehrmals schnuppert.

Riechen? Was sollen sie riechen?

Und dann schießt mir schlagartig das Blut in den Kopf. Melvins Kräuterpaste!

Ich habe mich längst an den Geruch gewöhnt, sodass ich daran überhaupt nicht gedacht habe, was aber, wenn er ihnen aufgefallen ist?

Ich spanne meinen ganzen Körper an. *Bitte, kommt schon rein, geht weiter rein, los, geht rein!*

Aber dann verschwindet das Licht. Die Schritte entfernen sich.

Nein, sie dürfen nicht entkommen!

Ich presse mich aus der Nische. »Ihnen nach«, flüstere ich und winke Lennart und Kyara zu mir. Ich schaue Lennart kurz eindringlich an. »Bleib immer hinter mir.«

»Kommt!«, zische ich auch in Sams und Melvins Richtung. Kaum lösen sie sich aus ihrem Versteck, stürme ich schon los.

Die Schritte der Vermummten im Gang werden schneller, offensichtlich beginnen sie zu rennen. Sie flüchten!

Beide haben eine Fackel in der Hand und die Kapuze auf. Sie müssen uns bemerkt haben und dann umgekehrt sein, aber noch sehe ich die Lichter, noch kann ich sie mir holen! Ich beschleunige. Diesmal lasse ich sie nicht entwischen.

Das hektische Aufschlagen unserer Füße hallt bedrohlich von den Wänden wider. Ich werfe einen kurzen Blick über die Schulter, Kyara ist dicht hinter mir, aber Lennart, Sam und Melvin scheinen noch zurückzuliegen.

Wir müssen die Vermummten in eine Sackgasse treiben. *Aber sie kennen sich hier aus. Sie wussten von Ebene Drei, sie wussten von Jons Falle.*

Die Steinwände sausen an mir vorbei. Die beiden sind unglaublich schnell.

Kyara ist jetzt fast neben mir, die Vermummten haben etwa zwanzig Schritte Vorsprung, und plötzlich, vor der nächsten Abzweigung, trennen sich die beiden. Der eine biegt nach rechts ab Richtung Krankenstation, der andere nach links Richtung Unterrichtsräume.

»Nimm du ihn!«, brülle ich Kyara zu und zeige nach links, »ich folge dem anderen.«

»Ja«, keucht sie, und schon verschmilzt sie mit der Dunkelheit, während ich rechts abbiege, ohne langsamer zu werden. Sam, Lennart und Melvin werden uns schon irgendwann einholen. *Hoffentlich.*

Erste Fackeln reihen sich hier wieder an den Wänden, Kyara und ich nähern uns dem Zentrum von Ebene Eins.

Wir jagen an Unterrichtsraum Drei vorbei, ich bin mittlerweile dicht hinter ihm, höchstens zehn Schritte trennen uns. Gleich erreichen wir die Zellen der Begrabenen. *Was hat er vor?*

Wie ein Phantom bewegt er sich durch das Internat, ein vager Umriss im trüben Licht. Immer noch fehlt mir ein letztes Stück, um ihn greifen zu können, aber wenn er nur einen Fehltritt macht, nur einmal zögert, habe ich ihn.

Mein Puls steigt, meine Beine brennen.

Der Vermummte hält sich dicht an der Wand, die Flammen der Fackeln erzittern, wenn er an ihnen vorbeijagt.

Langsam geht mir die Puste aus, zum Glück scheint es bei ihm nicht anders zu sein, wir lassen beide ein bisschen nach.

Doch ans Aufgeben werde ich nicht einmal denken. Ich lege die ganze Wut auf Jon in meine Schritte, die ganze Sorge um die Schüler und den Schmerz wegen Sam, und als würde ich von innen heraus auf einmal neue Kraft schöpfen, beschleunige ich.

Plötzlich wirft der Angreifer sich um die Ecke, sodass ich kurz abstoppe, damit ich es um die Kurve schaffe. Dort geht es in die Küche.

Schnell, weiter. Hier brennen kaum Lichter, er ist schon fast durch den Raum, glaube ich, ich sehe den Schatten nirgendwo mehr, folge einen Moment lang nur dem Klang der Schritte, bis in den Essenssaal.

Stille.

Die Öllampen flackern friedlich auf den langen Tischen. Aber keine Gestalt in Sicht, kaum ein Geräusch, nur mein eigener Atem, schnell und laut.

Ich drehe mich einmal um mich selbst. Die Bänke stehen da wie immer, die Schüsseln stapeln sich leer auf dem Versorgungstisch. *Wo ist er hin?*

Ist er etwa schon weg? Hat er mich abgehängt?

Ich setze vorsichtig einen Fuß vor, der Griff meiner Waffe ist glitschig, und ich spüre, wie sich auch Tropfen auf meiner

Kopfhaut sammeln, mich kitzeln, bis sie wahrscheinlich gleich an den Schläfen hinabrinnen werden.

Ich kann mich kaum auf meine Umgebung konzentrieren, dafür ist mein eigenes Keuchen zu laut.

Ich bücke mich kurz, um unter die Tische schauen zu können, lasse den Blick in alle Ecken schweifen. Nichts. Das kann doch nicht wahr sein.

Ich laufe Richtung Ausgang, als ich noch mal innehalte. *Die Senkgräber.*

Hier im Essenssaal sind die Nischen in den Wänden leer, da passt locker ein Mensch rein. Ich lag mit Lucas sogar schon mal in welchen, die mit Knochen gefüllt waren.

Vorsichtig gehe ich auf die Wände zu, nähere mich immer weiter den Nischen, aus denen dunkle Löcher zurückstarren, als ich plötzlich ein Geräusch höre.

Ich reiße den Kopf nach vorne. Und da sehe ich die Gestalt, wie sie sich aus einer der unteren Grabnischen zurück auf den Boden rollt. Los!

Ich hechte mit einem Sprung auf ihn zu, da packt er die vor ihm stehende Bank und schleudert sie in meine Richtung. Ich schreie auf, als das schwere Holz gegen mein Knie schlägt. Ehe ich mich wieder fangen kann, springt der Vermummte geschickt wie ein Tier auf den Tisch, wieder auf den Boden und rennt davon.

Mist. Mist. Mist!

Ich stürme los, ich darf ihn jetzt bloß nicht verlieren!

Wir erreichen den Brunnenraum, ich habe wieder aufgeholt, und mit ganzer Kraft springe ich vor, die Arme nach seinem Rücken ausgestreckt.

Ich krache in ihn rein. Mit dem Bauch voran prallt er gegen die Brunnenkante, sein Atem entweicht heftig vom Aufprall, die Fackel in seiner Linken löst sich aus seinen Händen und fällt in den Brunnenschacht. Ich höre sie hinabsausen, dann stößt sich der Vermummte bereits wieder vom Brunnen ab, macht eine schnelle Drehung und kickt mit dem Fuß nach mir.

Ich weiche zurück, er auch. Und so stehen wir uns für einen Moment gegenüber, das klaffende schwarze Loch des Brunnens zwischen uns.

Ich versuche, irgendetwas in seinem Gesicht zu erkennen, doch da ist nichts. Nicht mal einen Umriss kann ich sehen.

Er wird gleich wieder die Flucht ergreifen, ich muss etwas tun – da höre ich auf einmal weitere Schritte. Sie kommen auf uns zu. Schon stürmt der zweite Vermummte durch den nördlichen Eingang in den Brunnenraum. Aber da muss noch jemand sein, ich höre immer noch rennende Schritte. *Kyara? Sam? Melvin?*

Die beiden Eindringlinge wechseln einen schnellen Blick, dann rennen sie in Richtung Große Halle.

Tatsächlich stürmt Kyara in diesem Moment in den Brunnenraum. »Wo ist er hin?«, keucht sie.

»Die Große Halle, schnell!«, rufe ich, und wir jagen ihnen zusammen hinterher. Im Gang nehme ich wieder richtig Tempo auf, und nach den nächsten paar Schritten ist mir bereits klar, wohin die Vermummten fliehen wollen: Sie peilen den Haupteingang an.

Sollen sie nur, denke ich mir. Dort werden die Wachen auf sie warten, die einzigen anderen Bewaffneten in dieser Ebene.

Wir erreichen die Halle. Die beiden sind schon fast bei den Phönixstatuen. Hastig überqueren wir den glatten Marmorboden, das Feuer in den Körben brennt schwach. Alles hallt hier drinnen doppelt so laut.

Die Vermummten schieben bereits das zweiflüglige Gittertor am anderen Ende auf. Verschwinden dahinter. Das Eisen zittert laut nach.

Wir folgen. Dutzende Schritte, der schmale Gang, der nach oben führt, die Treppen, schneller, dahinten, die Biegung, ich kann die Gestalten nicht mehr sehen. Kyara ist direkt bei mir.

Aber als ich die Biegung dann erreicht habe, stoppe ich erschrocken, sehe gerade noch, wie einer der beiden Begrabenen, die den Eingang zum Amphitheater bewachen, mit einem Armbrustbolzen in der Brust zu Boden sackt. Dort liegt bereits eine weitere leblose Wache, das Schwert noch in der Hand. Blut breitet sich unter ihnen aus, die Köpfe hängen schlaff zur Seite.

»Noel. Keine Zeit«, keucht Kyara neben mir und rennt vorbei. Ich schüttle einmal den Kopf.

Es reicht. Mit Schwung hole ich aus und schlage mit der Axt gegen die Fackelhalterung an der Wand. Das Eisengestell fällt mit einem lauten Klirren zu Boden.

Kyara dreht sich während ihres Sprints einmal schnell um.

»Was hast du vor?«

»Sie aufhalten.« Ohne zu zögern, klemme ich mir das Eisengestell unter die Arme und renne ihr nach. Wir stürmen die Treppen hoch ins Freie. Kalte Nachtluft schlägt mir wie eine Wand entgegen und kühlt meinen Schweiß. Der Platz ist erhellt von Sternenlicht. Das mächtige Amphitheater tut sich in der Dunkelheit vor mir auf, die zwei schwarzen Gestalten stürmen die Arena hoch.

Ich spüre, wie die Wut erneut in mir auflodert, dann halte ich Kyara zurück, nehme Anlauf, hole mit dem Eisengestell aus und schleudere es mit Wucht auf die Vermummten.

18

Lavis. Amphitheater.

Die Eisenstange wirbelt durch die Luft. Der vordere Vermummte schreit wütend, als sie ihm die Beine wegreißt, er fällt auf die Stufen. Der zweite Vermummte prallt gegen ihn, stürzt ebenfalls.

Jetzt! Wir rennen.

Das Fluchen des Getroffenen dringt laut in die Nacht. Einer der beiden hat sich bereits wieder aufgerappelt, aber da ist Kyara schon bei ihm. Er wirbelt herum, ihre Schwerter schlagen gegeneinander. Der Klang von klirrendem Metall erfüllt das Theater.

Nun bin ich da, ich nehme mir den anderen vor. Meine Axt saust auf ihn hinab, und er schafft es gerade noch, seine Waffe zu heben. Die Klingen prallen laut aufeinander. Der Widerstand vibriert in mir. Eilig rappelt der Vermummte sich auf. In einer schnellen Schlagabfolge treibe ich ihn die Ränge des Amphitheaters hoch, zwischen dem Schwingen der Waffen erhasche ich einen Blick in seine eisblauen Augen. Sein Kampfgeschrei kommt mir so unheimlich bekannt vor, und dann stoppe ich abrupt ab. Stolpere fassungslos ein paar Stufen nach unten.

Das …

Die Kapuze ist beim Sturz von seinem Kopf gerutscht. Blondes verschwitztes Haar fällt in seine Stirn. Aschfahle weiße Haut und kalte Augen.

»Aron!«

Das verschlagene Grinsen, an das ich mich nur allzu gut erinnere, schleicht sich auf sein Gesicht. Dieses durchtriebene Grinsen, wenn er Lucas fertigmachen wollte. Ich kralle die Finger fester um meine Waffe.

»Damit hast du wohl nicht gerechnet, was?«

Ich weiß nicht, was damals im Wald passiert ist, ich weiß nur, dass man die geflohenen Schüler gefasst hat. Wie kann es sein, dass er hier vor mir steht? *Hier?*

Und wer steckt dann unter der anderen Kapuze? Timeon? Felicity? Valerie?

Sind es noch mehr Vermummte als die beiden? Haben sie es alle zurückgeschafft?

»Du solltest mal dein Gesicht sehen«, sagt Aron und spuckt zur Seite aus.

Wir beginnen, im Kreis umeinanderzutänzeln, halten Blickkontakt. Immer wieder bewegen wir uns eine Stufe seitlich hoch oder eine nach unten, lauernd auf den nächsten Angriff.

Aus dem Augenwinkel sehe ich Kyara und den anderen Vermummten, sie sind nur wenige Treppenstufen über uns.

Sie zählt zu unseren besten Kämpferinnen, sie hat sogar Sam geschlagen, und trotzdem treibt der zweite Vermummte sie zurück.

Jetzt schießt Arons Waffe in einer geraden Linie auf mich zu. Ich halte dagegen, gleich darauf deutet Aron einen Schlag von rechts an, um dann schnell von links auszuholen, ich blocke wieder ab.

Wir entfernen uns ein Stück voneinander. Ich puste mir die Haare aus dem Gesicht. Ich schwitze.

Arons Schläge kommen gezielt, ich weiß, dass er einige Tricks draufhat. Dass er nur auf eine kleine Schwachstelle in meiner Deckung wartet.

Ich höre Kyara hinter mir aufschreien, das Schlagen der Waffen dort wird immer schneller. Wenn Kyara oder ich nur einen der Gegner besiege, sind wir in der Überzahl. Aber zurzeit sieht es nicht danach aus.

Aron nutzt den Moment meiner kurzen Unaufmerksamkeit und ist mit einem schnellen Schritt bei mir, nun bin ich es, der Stufe um Stufe gejagt wird.

Ich schaffe es, zu parieren, aber ich kann das Gleichgewicht kaum halten. Trete ich nur einmal falsch auf, ist es aus.

Plötzlich sticht er mit einer so schnellen Finte auf mich zu, dass ich einen Ausfallschritt machen muss, doch ich verfehle die Stufe und rutsche nach hinten ab.

Ich stürze, drehe mich im Fall, sodass ich mich zur Seite abrollen kann. Aber meine Hüfte knallt gegen den harten Stein, und ich schlage unkontrolliert mit der Schläfe auf. Kurz ist alles schwarz, ich stöhne. Blinzle, aber alles dreht sich. Ich weiß nicht, wo oben und unten ist, weiß nicht, wo Aron ist. Ich kneife die Augen zusammen. Selbst das Dunkel fühlt sich an wie ein einziger Wirbel. Von irgendwoher dringt ein Lachen zu mir durch.

Ich versuche, die Augen wieder aufzumachen. Zuerst sind da nur flimmernde Punkte, oder sind es die Sterne?

Aber dann erkenne ich Arons Gestalt. Verschwommen bekomme ich mit, dass er mit dem Fuß auf meiner Axt steht, sie amüsiert unter seinem Schuh hin und her reibt.

»Ich dachte, du hättest in der Zwischenzeit ein bisschen mehr dazugelernt«, sagt er verächtlich. Mein Kopf explodiert.

Aber damit lasse ich ihn nicht davonkommen. Ich stütze mich auf die Ellenbogen. Langsam wird mein Sichtfeld schärfer, zumindest sein Grinsen kann ich deutlich sehen.

»Was willst du jetzt tun, hä?«, provoziert er mich, scheint den Moment der Überlegenheit geradezu auszukosten. *Sein Fehler*. Denn damit wird er von mir gerade noch nicht rechnen: Ich ignoriere alles Pochen und Stechen, hebele mein Bein hinter seiner Wade ein und ziehe mit einem kräftigen Ruck in meine Richtung. Aron strauchelt, gibt mit dem Fuß meine Axt frei, ich schnappe sogleich nach ihr. Und bis er ausbalanciert hat, bin ich wieder auf den Beinen und bewaffnet.

Wir stehen uns gegenüber.

Es geht weiter. Aron grinst jetzt nicht mehr. Er drängt mich seitlich nach oben, so weit, dass ich auf einmal mit dem Rücken gegen Kyara pralle.

Ich weiß nicht, was er vorhat, aber während ich weiterhin pariere, schafft er es, seine Kampfposition so zu ändern, dass Kyara nicht mehr hinter mir, sondern neben mir steht, und dann steht mir auf einmal auch der andere Vermummte gegenüber. Aron will einen Viererkampf!

Irgendwie muss ich versuchen, mit Kyara im Team zu arbeiten. Während ich mit meiner wuchtigen Axt blocke, könnte sie mit dem kleinen, schnellen Krummsäbel angreifen.

Aber der Vermummte hält sie zu sehr in Schach, er lässt

sich überhaupt nicht von ihrer wirbelnden Kampftechnik irritieren.

Durch eine schnelle Drehung hinter meinem Rücken entlang schafft Kyara es, Aron und den Vermummten gegeneinander auszuspielen. Sie behindern sich gegenseitig, und ihre Waffen schlagen fast aufeinander.

Ich nutze den Moment und treffe Aron, die Klinge schabt über seine Lederrüstung, gleitet dann aber ab. Er keucht auf. Nun ist Kyara vor ihm, treibt ihn schnell zurück. Ich stehe vor dem Vermummten, seine Kampftechnik ist zu ausgefeilt, das schaffe ich nicht, mir bleibt nur dieser Moment, um etwas zu unternehmen. *Los, Noel!*

Mit der Axt voraus, die sein Schwert zur Seite fegt, werfe ich mich auf ihn. So wuchtig, dass seine Waffe scheppernd wegfliegt, als wir zusammen auf dem Boden aufprallen. Er stöhnt.

Jetzt habe ich ihn! Mit den Beinen drücke ich seinen Oberkörper weiter auf den Boden. Ich hole mit der Axt aus, da greift er schnell in eine Seitentasche. Verdammt, er hat ein Messer!

Zu spät. Ein Ruck fährt durch meinen Körper, ich beiße die Zähne zusammen, warte auf heftigen Schmerz, aber spüre nicht mehr als einen kurzen Stich.

Ich lasse sofort von ihm ab, merke, wie er sich unter mir wegrollt.

Ich starre auf mein Lederwams, es ist seitlich aufgeschlitzt, ich spüre, wie es nass darunter wird, wie Blut bis zu meinem Bauchnabel rinnt. Allzu schlimm scheint es zum Glück aber nicht zu sein.

Ich schnelle hoch, springe eine Stufe nach unten, er hat sich noch nicht ganz von dem Aufprall erholt, den Moment nutze ich und setze zum Schlag an. Er dreht sich schnell zur Seite. Eisen knallt neben seiner Schulter laut auf den Stein. Funken sprühen.

Der Vermummte hat sich schon aufgerappelt, um nach seinem Schwert zu greifen.

Keuchend hebe ich die Axt, auch der Vermummte hat wieder seine Position eingenommen. Schwer atmend umkreisen wir uns. Die kleine Stichwunde unter meinem Wams ziept, meine Schläfe klopft.

Auf einmal höre ich Kyara hinter mir schreien. Schlimm schreien.

Ich fahre herum, die poröse Stufe unter ihr ist einfach weggebrochen. Sie ist auf den Rücken gefallen. Arons Augen sind enge Schlitze. Auf dem Rücken liegend, kämpft Kyara weiter, kann die Angriffe aber kaum noch parieren.

Mein Herz setzt einen Schlag aus.

»Nicht!«, brülle ich, renne die Ränge seitlich zu ihr hinauf.

Über Kyaras Körper hinweg ziele ich mit der Waffe auf Aron, sodass er meinen Angriff blocken muss und Kyara keinen tödlichen Stoß verpassen kann. Von der Wucht des Aufpralls stolpert Aron nach hinten.

Mit erhobener Waffe drehe ich mich so schnell ich kann wieder um, bereit, mich dem anderen Vermummten entgegenzustellen, aber wer auf mich zugerannt kommt, sind Melvin und Sam, und irgendwo unten am Eingang kann ich Lennart erkennen. Sie haben uns endlich gefunden.

In diesem Moment höre ich ein Klirren und fahre wieder herum.

Ein Glück! Kyara hat Aron entwaffnet, sie hält ihm die

Schwertspitze an die Kehle. Er hat die Hände erhoben, um sich zu ergeben.

»Noel!« Sam kommt auf mich zu, nimmt immer zwei Stufen auf einmal.

»Er haut ab!«, ruft sie außer Atem. »Wir müssen ihm nach!« Sie zeigt mit dem Finger nach oben, dort sehe ich den Vermummten hinter den Mauern verschwinden.

»Hilf ihr!«, rufe ich Melvin zu, der uns gerade erreicht hat, und nicke Richtung Kyara. Melvin nickt zurück, da bin ich schon losgerannt.

Sam und ich hetzen gemeinsam die Treppen nach oben, lassen das Amphitheater hinter uns. Wir rennen den Schotterweg entlang, die Gräberreihen ziehen an uns vorbei, der Vermummte als Schatten vor uns. Dann verschluckt ihn der Nebel.

19

Favilla. Friedhof.

Wir stoppen.

»Er wird zum Flügeltor rennen«, sage ich völlig außer Atem.

»Muss nicht sein«, sagt Sam. Sie hat das Schwert in der einen, den Schild in der anderen Hand fest umklammert. »Vielleicht will er, dass wir genau das denken.« Sie zeigt nach links. »Ich renne zur Anhöhe, vielleicht wählt er den Toten Bereich.« Sie zeigt nach vorne. »Versuch du das Tor.«

Zeit zum Diskutieren bleibt nicht, also nicke ich. Ein letzter Blick. »Los!«

Meine Füße brennen, das Leder meiner Schuhe ist abgenutzt. Die groben Steine bohren sich in meine heißen Sohlen. Ich laufe tiefer in den Nebel, bis alles nur noch weiß ist, bis ich wieder von dem Friedhofsgefühl eingenommen werde. Die Stille presst sich in meine Ohren, sodass ich meinen hektischen Atem wie von innen in meinem Körper widerhallen höre.

Aber ich rase weiter. Wir werden ihn kriegen, und ich werde mir beweisen, dass Jon auf mich hätte hören sollen.

Vor mir schälen sich die Gräber aus dem Weiß. Die verdorrten Bäume wollen wie giftige Schlangen nach mir schnappen.

Mir ist schwindelig, sauschwindelig. Und in meinem Kopf herrscht seit dem Sturz auf den Treppen ein einziges Pochen. Aber nichts wird mich aufhalten.

In immer gleichmäßigerem Rhythmus tun sich Lücken in dem dichten Weiß auf. Plötzlich erkenne ich eine Bewegung, nicht weit vor mir. Ich kneife die Augen zusammen. Das muss er sein!

Meine Füße stampfen so schnell in den Boden, dass ich mich fast überschlage.

Bis zum Flügeltor ist es nicht mehr weit, er hat doch den direkten Weg genommen!

Schemenhaft erkenne ich die aufgelockerte Erde, die Massengräber zu meinen Seiten. *Gleich hab ich ihn, gleich.*

Der Nebel verdichtet sich wieder, und ich verliere ihn für einen Moment. Ich verlasse den Schotterweg, um leiser voranzukommen, sinke in die lehmige Erde. Dann höre ich wieder etwas.

Greifbar nah.

Es sind seine Schritte kurz vor dem Tor.

Ich sehe den schwarzen Mantel, der in der Nacht hinter ihm herflattert. Bevor er sich umdrehen kann, springe ich aus meiner weißen Deckung, stürze mich auf ihn, drücke ihn mit Wucht gegen das Eisengitter, das laut klirrend erzittert. Als wären in den Stäben Stimmen gefangen, die jetzt laut und schrill kreischen.

Ich drücke ihn mit den Schultern, so fest ich kann, gegen das Eisen, ich hab ihn, *ich werde dich nicht loslassen,* plötzlich reißt er völlig unvermittelt den Ellenbogen hoch und rammt ihn mir mit Wucht ins Gesicht.

Ich schreie auf, taumele zurück, schon hat er sein Schwert wieder gezogen. Doch fast genauso schnell habe ich meine Axt gezückt.

Da steht er. Stumm. Unbeweglich. Das Schwert in seiner Hand zittert kein bisschen.

Wie ein Phantom steht er zwischen den gewaltigen Flügeln, als würden sie aus seinem Rücken in die Höhe ragen.

Ich überlege nicht lange, stoße mit der Waffe vor. Angriff. Doch mühelos weicht er zur Seite aus, meine Klinge donnert gegen das schwere Metall, ich wirbele herum. Immerhin bin *ich* es nun, der mit dem Rücken zum Tor steht. Ich werde ihn nicht vorbeilassen.

So verharren wir erneut einen Moment. Ein scharfer Wind fegt vorbei, macht den Schweiß auf meiner Haut zu einer eiskalten Membran.

Langsam wandert die Hand des Vermummten zu seinem Kopf, er fasst nach der Kapuze.

Mein Herz schlägt so wild in meiner Brust, als wolle es ausbrechen, alles in mir ist angespannt, bereit, sofort aufs Neue zu kämpfen.

Er schiebt die Kapuze mit einem Ruck nach hinten.

Braune Locken kommen darunter hervor, ein vertrautes Gesicht, vor Wut verzogen, die Augen bekannt und doch fremd. Alles Blut weicht aus meinem Kopf. Der Schock presst mich von innen zusammen.

Das Schwert in seiner Hand zeigt mit der Spitze auf meine Brust. »Geh mir aus dem Weg, Noel, oder ich werde dich umbringen«, sagt Lucas. Lucas, der Kräutersammler.

Tritt ein in das Reich Lavis.
Ein Reich voller Schatten, voll Liebe und Verrat.

Erhalte schon jetzt vorab einen ersten Eindruck von Verbotene Mission, dem sechsten Band der Erfolgsserie, und erfahre, was Lucas widerfahren ist …

LUCAS

1

Lavis. Wald.

Ich wische mir über die Handrücken.

Was soll das werden, Lucas?

Der silberne Mond ist nur noch eine undeutliche Ahnung oben zwischen den Wipfeln. Die dunklen Bäume rufen nach mir, sie wollen, dass ich zwischen ihnen verschwinde, abtauche in der Schwärze und weg von den lichten Bereichen am Fluss. Sie laden mich ein, endlich abzuhauen. Tom zu finden.

Das war alles, was ich wollte, seit ich in Favilla gelandet bin. Und jetzt habe ich meine Chance, und trotzdem stehe ich noch hier. Ich presse die Lippen aufeinander, klammere meine Hand um den Griff der Fackel, als wolle ich ihn zerquetschen. Meine Füße sinken immer tiefer in den weichen Boden. Warum habe ich angehalten?

Doch ich kenne die Antwort schon.

Es ist Sam. Und es sind auch Estelle und Callan.

Ich kann sie nicht einfach so mit den Verrätern alleine lassen.

Schwachsinn. Sam ist die beste Kämpferin des Internats. Und auch Callan und Estelle werden den Nichtzirklern durch ihre Ausbildung weit überlegen sein, sage ich mir eindringlich.

Aber ich bleibe immer noch stehen, bringe es einfach nicht über mich, weiterzurennen. Was, wenn ich mich irre?

Aron ist dort draußen, er ist verschlagener als sie alle zusammen. Was, wenn ich sie dem Tod überlasse?

»Verdammt«, fluche ich leise, als ich mich umdrehe. »Du dämlicher Vollidiot, Lucas.«

Ich mache die ersten Schritte zurück in Richtung Fluss. Das Brechen der Äste klingt wie von toten Knochen, so als würde ich über die Beinhäuser von Favilla laufen. Mein Herz hämmert, mein Atem geht flach. Vorwärts durch die Dunkelheit. Ich muss, ich kann nicht anders. Ich werde nur kurz gucken, ob alles in Ordnung ist. Ich werde mich nur absichern, dass die anderen klarkommen. Und dann bin ich weg. Es hat sich nichts geändert.

Allmählich dringt ein undeutliches Klingen von Metall auf Metall zwischen den dichten Baumreihen zu mir hindurch.

Los jetzt. Ich muss schneller machen. Je eher ich dort bin, desto eher bin ich auch …

In diesem Moment verhakt sich mein Fuß in einer Wurzel, und ich fliege nach vorne.

Ich kann noch die Arme vorstrecken, dann lande ich mit Wucht auf dem Waldboden. Meine Hände schaben durch das Laub und über die dornendurchsetzte Erde darunter. Mit dem Kinn schlage ich gegen etwas Hartes. Der Schmerz ist plötzlich und dröhnend, ich höre meinen Puls. Schmecke Blut, weil ich mir auf die Zunge gebissen habe.

Schnell! Wieder hoch! Ich richte meinen Oberkörper auf, erstarre.

Mir bleibt beinahe die Luft weg.

Nur einen Fingerbreit vor meinen Augen schwebt eine Schwertspitze in den fahlen Lichtfetzen des Mondes.

Das war kein Ast, der mich zu Fall gebracht hat.

»Ich habe bis zum Ende gehofft, dass Jon falschliegt.«

Ich wage es immer noch nicht, mich zu bewegen, aber ich richte meinen Blick von der Schwertspitze nach oben. Ich kann Emmas Gesicht kaum erkennen, kann eigentlich nur die dunklen Konturen ausmachen. Doch ich weiß ganz genau, wie sie mich mit steinharter Mine anschaut, ich kann es in ihrer Stimme hören, in dieser kompromisslosen Kälte.

»Du nimmst jetzt vorsichtig deine Schwerter vom Rücken«, sagt sie. »Und wenn du auch nur eine verdächtige Bewegung machst, dann ramme ich dir meine Waffe so in den Hals, dass du ganz langsam daran verreckst. Das schwöre ich dir, Lucas.«

Ich schlucke trocken. Drehe mich ganz langsam, ganz vorsichtig auf die Seite, greife nach dem ersten Schwert, lege es zu Boden – *bloß ruhig bleiben, bloß kein falsches Signal senden, Emma blufft ganz sicher nicht* –, dann greife ich mit bebenden Händen nach dem zweiten und lege auch es auf den Boden.

Emma tritt vor, kickt die beiden Schwerter weg von mir, es raschelt wie von flüchtenden Tieren. Ich fühle mich wehrlos, ja, richtig nackt. Ich bin ihr ausgeliefert.

»Steh auf«, sagt Emma, ohne die Schwertspitze von mir zu nehmen.

Ich gehorche, richte mich langsam vom kalten Waldboden auf. Und nun stehe ich vor ihr, nur das Schwert zwischen uns.

»Hör zu, Emma ich …«

»Spar dir das, Lucas. Wir wissen alles«, schneidet sie mir das Wort ab und beugt sich ein Stück nach vorne. »Du musst mir jetzt eine Frage beantworten: Hast du bislang im Gedankenunterricht überhaupt eine einzige der Versenkungsstufen erreichen können?«

Verwirrt blicke ich in ihr schattenumrissenes Gesicht. Was will sie von mir?

Egal. Sie muss jetzt die Wahrheit erfahren, sie muss verstehen, warum ich das getan habe. »Ihr wisst nicht alles!«, sage ich. »Der Grund ist, mein Vater …«

»War ein Säufer, der dich regelmäßig misshandelt hat. Auch das wissen wir, Lucas. Jon stellt Nachforschungen über den Hintergrund jedes Zirklers an. Und bei dir war er besonders misstrauisch. Er hat etwas geahnt. Ich habe ihm immer widersprochen. Ich habe gedacht, Estelle wird einen Fluchtversuch wagen.« Emma schüttelt leicht den Kopf. »Die ganze Zeit, während ich euch gefolgt bin, habe ich das gedacht. Ich habe sogar vermutet, sie spielt die Schwäche eigens dafür vor. Aber wie so oft hat Jon recht behalten.«

Aus Richtung des Flusses dringt verzerrt ein Brüllen herüber, erfüllt von Wut und Schmerz.

»Emma«, sage ich verzweifelt. »Die anderen …«

»Sie werden klarkommen. Sonst taugen sie ohnehin nicht für den Zirkel. Jetzt sag mir: *Hast du je eine der Versenkungsstufen erreicht*?«

»Warum …«

»Hast du, oder hast du nicht?!«

»Nein, noch nie.«

Emma hält inne, ich höre, wie sie die Luft ausstößt. »Das habe ich befürchtet«, sagt sie. »Auch Roland hat sich nicht geirrt.«

»Emma«, sage ich eindringlich und hebe beschwörend die Hände. »*Bitte* hör mir zu. Ich stehe hinter eurer Idee. Ich will gegen den Brennenden König kämpfen. Ich wollte bloß zuerst meinen Bruder Tom …«

»Dein Bruder ist tot, Lucas«, unterbricht Emma mich mit scharfer Stimme. »Dein Vater hat ihn im Trunkenheitswahn erschlagen.«

Nein.

Ich taumele nach hinten.

Nein. Nein, nein, nein, nein, nein.

Ich starre Emma an, und alles verschwindet. *Nein.* Ich kann das nicht glauben. Das kann nicht. Ich. Das.

»Es tut mir leid«, und jetzt klingt es doch, als schmerze ihr, was sie sagt. »Aber es gibt keine andere Möglichkeit. Du wirst deinem Bruder nun folgen.«

Sie macht einen Satz auf mich zu und sticht mit dem Schwert nach vorne. Und obwohl mein Kopf eigentlich komplett abgeriegelt ist, reagiert etwas in mir: Ich greife mit den bloßen Händen nach der vorschießenden Klinge und reiße sie zur Seite. Ich spüre den Schmerz nicht, ich balle die Hand zur Faust, Blut quillt hindurch, ich schmettere sie Emma ins Gesicht.

Die wankt bloß einige Schritte zurück, aber da habe ich mich schon herumgedreht und fliehe in die Schwärze der endlosen Baumreihen.

»Lucas!«, schreit Emma, »bleib sofort …«

Ich höre sie nicht mehr. Ich jage zwischen Ästen, Sträuchern, Stämmen hindurch wie ein tollwütiger Hund. In meinem Kopf tost ein Wirbelsturm. Mein Gesicht brennt, als würde echtes Feuer darauf lodern und die Haut wegfressen.

Und ich renne immer weiter durch die Finsternis des Waldes. Aber eigentlich nicht weg vor Emma. Weg vor der Wahrheit. Ich will sie nicht, das darf nicht stimmen, das darf nicht passiert sein.

Ich renne.

Die Zirkler und ihre Spezialwaffen

Oft müssen die Zirkler einfach »standardmäßig« nach klassischen Schwertern greifen, wenn es zur Sache geht. Trotzdem versuchen sich die ausgewählten Favilla-Kämpfer gleichzeitig auf eine oder zwei spezielle Waffen zu konzentrieren, die sie besonders gut beherrschen sollen. Hier eine Übersicht:

Noel: Streitaxt und Speer

Sam: Kurzschwert und Schild

Kyara: Krummsäbel

Melvin: Schwert und Wurfdolche

Estelle: Bogen und Dolch

Ellinor: Streitkolben und Schleuder

Moa: Morgenstern

Liv: Bastardschwert

Lennart: Kurzschwert und Schild

Callan: Zweihand-Schwert

Interview mit Bernhard Hennen

© Bettina Blumenthal

BERNHARD HENNEN begleitet die Buchreihe »Kings & Fools« als Pate. Mit seiner langjährigen Erfahrung und seinem Fachwissen als einer der aktuell erfolgreichsten deutschen Fantasy-Autoren beantwortet er Natalie Matt und Silas Matthes Fragen zum Aufbau von Lavis, der mit unzähligen Details angereicherten, düsteren und phantastischen Welt in »Kings & Fools«. Er hilft bei Entscheidungen zu passenden mittelalterlichen Details, findet Lösungen für knifflige Plotprobleme und begleitet die Autoren aktiv im Schreibprozess. Aber nicht nur das, es gibt auch ganz praktische Tipps vom Meister der Fantasy: So trafen sich Bernhard Hennen, Natalie Matt und Silas Matthes beispielsweise, um gemeinsam Schwertkampf zu trainieren und die Kampfszenen in den ersten Bänden von »Kings & Fools« möglichst wirklichkeitsgetreu nachzustellen.

Lest hier ein exklusives Interview mit Bernhard Hennen, in dem er über »Kings & Fools« und seine Rolle als Pate der Reihe spricht.

Sie sind in Ihrer Freizeit begeisterter Schwertkämpfer. Wie sind Sie dazu gekommen?

Dass ich einige Sommer lang als moderner Gladiator in Schwertkampfshows auf Mittelaltermärkten aufgetreten bin, liegt an der Kritik eines Lektors, der mich vor langer Zeit einmal fragte, was denn mein Referenzmaterial für meine Schwertkampfszenen sei. Er vermutete Hollywoodfilme der fünfziger Jahre und kam der Wahrheit damit schmerzhaft nahe. Diese Kritik führte dazu, dass ich einen Mittelaltermarkt besuchte, um mir Schwertkämpfe live anzusehen. Ich hatte Glück und wurde Mitglied einer solchen Schwertkampftruppe. Das hat die Kampfszenen in meinen Romanen nachhaltig verändert. Um auch Natalie und Silas davon profitieren zu lassen, habe ich sie zu mir eingeladen. Sie konnten Kettenhemd und Gambeson anlegen, erleben, wie ein Helm die Sicht einschränkt, wie einen das Gewicht der Rüstung langsamer macht. Ich habe ihnen meine Schaukampfschwerter in die Hand gedrückt und ihnen einige Lektionen zum Einsatz der Waffen gegeben. Und es hat großen Spaß gemacht, einige Wochen später zu sehen, wie dieses neue Wissen in ihre Schreibarbeit eingeflossen ist, sich die Beschreibungen der Übungsstunden und Kämpfe veränderten und plastischer wurden.

Warum liegt Ihnen Nachwuchsförderung besonders am Herzen?

Ganz am Anfang meiner Arbeit als Schriftsteller hatte ich das große Glück, dass ich durch Wolfgang Hohlbein unterstützt worden bin. Er hatte in meinen Ideen Potential gesehen und hat für mich einen Termin im Lübbe Verlag gemacht. Dank seiner Fürsprache endete dieser Tag mit der Zusage für mein erstes Buch. Seitdem habe ich immer wieder junge Autoren unterstützt. Fast ein dutzend Mal in zwanzig Jahren. Nicht immer wurde es der Beginn einer Karriere. Das Buchgeschäft ist gnadenloser, als es den Anschein hat. Wer durchhalten will, braucht nicht nur Talent sondern auch Ausdauer und Selbstbewusstsein. All dies sehe ich bei Natalie und Silas.

In welcher Form haben Sie an »Kings & Fools« mitgearbeitet?
Ich hatte das Glück, noch während der Arbeit an den Exposés zum Team bei Oetinger 34 zu stoßen und fast von Anfang an Einfluss auf etliche Details der Geschichte nehmen zu können. So wurde zum Beispiel aus dem Friedhof, der als Versteck der Favila dienen sollte, eine Nekropole, das Königreich wurde etwas größer als ursprünglich geplant und der rote König bekam seine Farbe. Außerdem habe ich versucht, ständig für Natalie und Silas zu erreichen zu sein. Wir haben Abläufe von Action-Szenen besprochen, Details bei Schwertkämpfen oder nächtlichen Fluchtszenen im Wald. Es war fordernd, aber ein positiver Stress, aus dem ich auch neue Kraft für eigene Projekte gezogen habe.

Wie haben Sie die Zusammenarbeit mit den beiden Autoren empfunden?
Oft als einen Blick zurück in meine eigene Vergangenheit. Es war schön, den beiden helfen zu können, aus Fehlern zu lernen, die ich einst begangen hatte. Besonders gut hat mir der kritische Respekt gefallen, mit dem sie mir begegnet sind. Oft haben sie sich meine Meinung zu einem Problem angehört,

meine Ratschläge eingefordert und dann doch einen eigenen, neuen Weg erarbeitet. Ihren Weg. Immer wieder kam es vor, dass ich in bearbeiteten Szenen Sätze und Ideen gefunden habe, vor denen ich nur im Geiste den Hut ziehen konnte, denn ich hätte es nicht so gut geschrieben. Und darum ging es letztlich, den beiden ab und an ein wenig zu helfen, damit sie ihren eigenen Stil und ihre eigenen Geschichten vervollkommnen.

Was ist in Ihren Augen das Besondere an »Kings & Fools«?
Es ist ein gelungener Genremix, der Elemente aus Fantasy und Mystery miteinander verbindet und frischen Wind in die phantastische Literatur bringt.

Was ist Ihre Lieblingsszene in »Vermisste Feinde«?
Dieses Mal schwanke ich zwischen zwei Szenen. Zum einen die Liebesszene zwischen Sam und Noel. Auch mit vielen Jahren Berufserfahrung tue ich mich beim Schreiben von Liebesszenen immer etwas schwer. Zum einen geht es dabei um die Balance zwischen Erotik und dem Ticken zu viel, zum anderen aber auch um das klamme Gefühl, jetzt, schreibend, etwas zu viel von mir preiszugeben. Natalie hält ausgezeichnet die Balance, klingt glaubwürdig und setzt ein überraschendes Ende. Um einen Hauch vorn liegt allerdings noch die Szene zwischen Noel und Jon, bei der es um Sams wahre Identität geht. Für einen Autor gibt es zwei Wege, Figuren zu charakterisieren. Der eine – leichtere – funktioniert über Behauptungen. Man stellt einfach in den Raum, jemand sei böse, charmant etc. Der bessere Weg ist, wenn die Leser diese Zuordnungen selbst treffen und ihr Urteil aufgrund des Auftretens der Figuren fällen. Das

Bild, das Natalie in dieser Szene von Jon zeichnet, wird durch sein Reden geprägt. Zuerst, die Selbstverständlichkeit, mit der er preisgibt, Sams Geheimnis zu kennen. Hier ist er der allwissende Schulleiter. Doch noch stärker ist der letzte Satz über Noels Schwester. Er macht Jon unheimlich, und es entsteht ein Bild im Kopf des Lesers, das so schnell nicht verblassen wird.

Ein Gruß an die Leser:
Seid auf der Hut, wenn ihr zu eurer Lesereise in die düsteren Gewölbe von Favila aufbrecht. Fast alles ist anders, als es auf den ersten Blick scheint.

7 Fragen an Natalie Matt

© BLACK DEER

Lavendel oder **Kornblumen?**

☒ ☐

Leibwache oder **Außenmission?**

☐ ☒

Den Spinnen folgen oder **den Höhlenkäfern folgen**?

☐ ☒

3 Sätze über Dich: *Ich heiße Natalie, bin 1993 in Freudenstadt im Schwarzwald geboren und studiere Kulturwissenschaft. Ich liebe es, mich faszinieren zu lassen und von Begeisterungswellen völlig mitgerissen zu werden – bestenfalls andere dabei anzustecken. Ich glaube, das sind die schönsten Momente im Leben, immer die, bei denen es Dir durch und durch geht.*

Warum Oetinger34? *Mir gefällt es, so nah an der Zielgruppe zu sein, das direkte Feedback zeigt gleich, was ankommt und was nicht. Ein spannendes Konzept, das auf dem Buchmarkt heraussticht.*

Was ist das Besondere an Deinem Text? *Das sollt Ihr erst mal selbst herausfinden. Ich hoffe jedoch, die Lebendigkeit im Text springt auf Euch über. Der Text soll leben, durch die Nähe zu den Figuren und die ganz eigene Atmosphäre.*

Ein Gruß an Deine Leser: *Ich hoffe, Ihr habt beim Lesen genauso viel Spaß, wie ich es beim Schreiben hatte.*

7 Fragen an Silas Matthes

© Stefan Schröder

Lavendel oder **Kornblumen?**

☐ ☒

Leibwache oder **Außenmission?**

☒ ☐

Den Spinnen folgen oder
den Höhlenkäfern folgen?

☐ ☒

3 Sätze über Dich: *Ich bin Silas und wurde 1992 im schönen Hamburg geboren. Wenn ich nicht gerade studiere oder schreibe, verreise ich, spiele Handball, Beachvolleyball oder Klavier und genieße das Leben mit meinen Lieblingsmenschen. Ich glaube, dass Lachen zu den großartigsten Dingen auf dieser Welt gehört.*

Warum Oetinger34? *Ein ganz neues Imprint, das gezielt Debütanten sucht und in dessen Rücken ein Riese wie die Verlagsgruppe Friedrich Oetinger steht – na ja, habe ich mir gedacht, ich wäre ein ganz schöner Trottel, wenn ich es nicht mal versuchen würde.*

Was ist das Besondere an Deinem Text? *Oh, ich denk mal, das variiert von Leser zu Leser. Für mich sind es bei ›Kings & Fools‹ wahrscheinlich die erzählerischen Besonderheiten, die sich durch das Schreiben im Autorenteam und zum Beispiel durch die damit verbundenen Perspektivwechsel ergeben. Und die Atmosphäre der Bücher hat etwas ganz Eigenes, finde ich.*

Ein Gruß an Deine Leser: *Moin!*

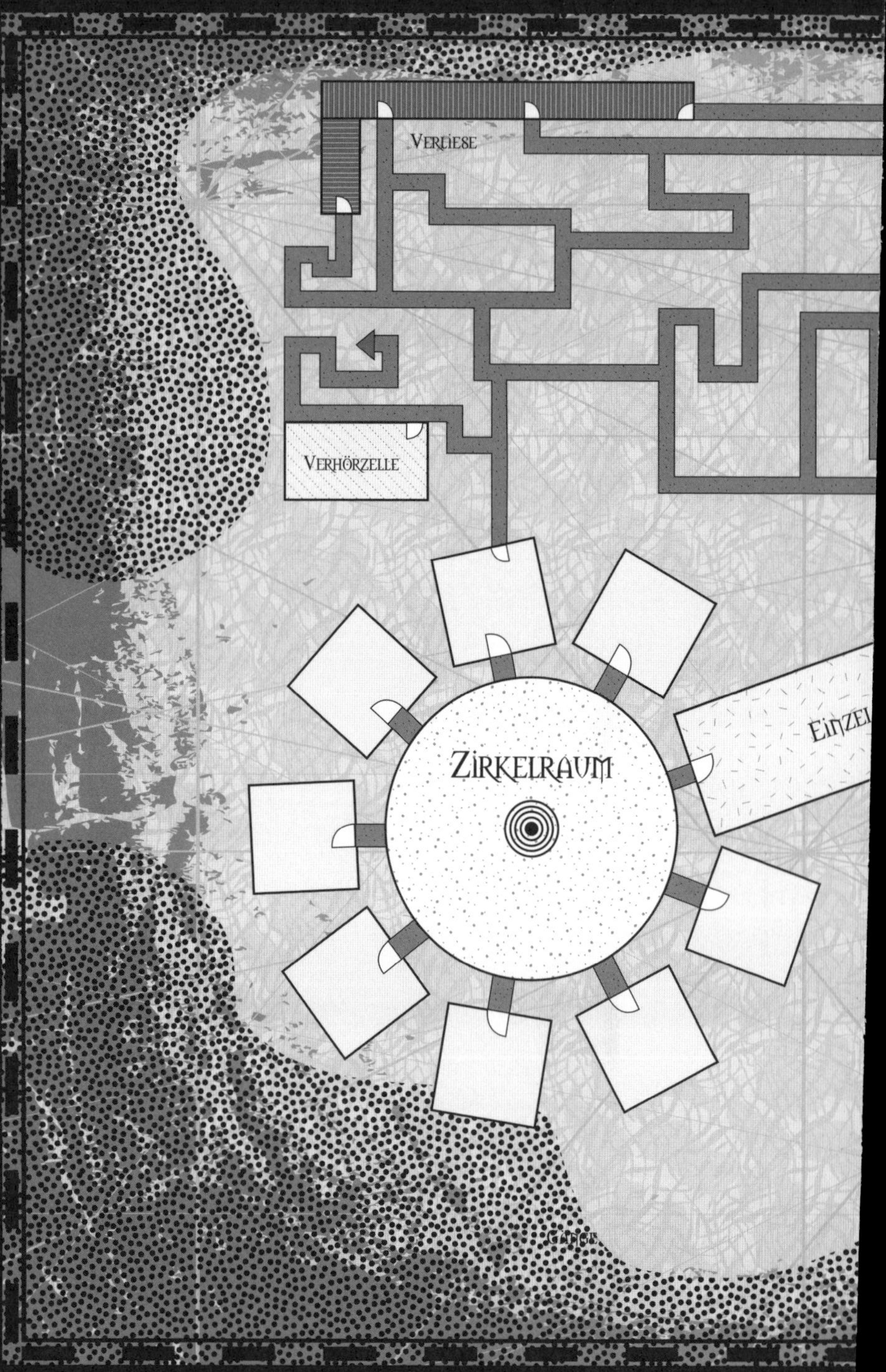
Verliese
Verhörzelle
Zirkelraum
Einzel